철새의 날갯짓

한메 송규호(宋圭浩) 유고시집(遺稿詩集)

자유토론

<u>**철새의 날갯짓**</u>

초판인쇄　2013년 9월 10일
초판발행　2013년 9월 12일

엮 은 이　신희천
기획편집　김미순
표지제작　이선구
펴 낸 이　김범수
펴 낸 곳　자유토론
출판등록　제314-2009-000001호

주　　소　서울시 종로구 당주동 168번지 당주빌딩 4층
E-mail　fibook@naver.com
TEL　　　(02)333-9535
FAX　　　(02)6280-9535

ISBN　　　978-89-93622-34-8(03810)

※ 잘못 만들어진 책은 바꾸어 드립니다.

값13,000원

한메 송규호(宋圭浩)

제5장 다시 부르는 노래

※ **한메 송규호의 약력** / 280

※ **책을 마치면서** / 281

제1장
산 넘고 물 건너

바람의 길손

긴긴 세월, 이 나그넷길.
그저 버리러 가는 것이 아니다.
무엇인가 채우러 다니는 것이다.
그래,
뭘 버리고 무엇을 주워 담았는가.
때 묻은 배낭아, 말을 하여라.
언제나 그늘진 뒤안길에서
묵묵히 참고 이겨낸 그 인고의 미덕.
오늘도 너를 두 어깨에 메고,
자랑스레 길을 나선다.

그저 산으로 갑니다

그리워하는 이는 산으로 갑니다.
아쉬워하는 이는 산으로 갑니다.

산이 높아서 산으로 가는 것이 아닙니다.
세상 물결 사나워서 산으로 가는 것도 아닙니다.

사람이 그리워
삶이 그리워서,

그저 산으로 갑니다.
산이라면 어디로 가나 산이옵니다.

사랑을 찾는 이는 산으로 갑니다.
산은 마음의 고향입니다.

소망스러워서
아쉽고 그리워서

그저 산으로 갑니다.
산이라면 어디로 가나 산이옵니다.

지리산 200리

지리산님께

삼가 아뢰옵니다.
오늘은 1972년 8월 15일
화엄사에서 대원사까지
세로타기 200리.

당신님 품안에는
삶의 길이 열려 있고,
시와 그림 그리고
사랑의 노래로 가득합니다.

자칫 헛딛기 쉬운 이 발걸음
그 높고 깊은 자연의 길을
한사코 따라가오리다.
굽어 살펴 주옵소서.

화엄사 계곡

아홉이서 오르는
노고단 길
화엄사 계곡

절에는
때 묻은 마음
구석구석 씻어내는 풍경소리.
각황전 오층석탑
통일신라 솜씨려니
석등도 보배더라.
헤어날 수 없는
혼몽 속에
섬진강 굽어보는
효대가 더 미더워…

사나운 난리, 그 고난
겪고 남은 법당 앞엔
백일홍도 피었더라.
은은한 종소리에
연꽃잎도 파르르
숨타나더라.

저마다 짐을 지고
물을 건넌 그림자들
미끄러운 디딤돌엔
물결이 숨 가쁘고
목재 나른 묵은 길
숲속으로 사라지면
길은 다시 산허리를 돌아
또,
냇물을 건너자 한다.

시원스레 마음 열린
자연의 화음
모래 씻는 소리,
바위 핥는 소리,
나무뿌리 휘감는 소리,
층지어 꺾인 물엔
꽃잎도 맴돌고…

소나기처럼 쏟아지는
매미소리
한여름 긴긴 날에
목이 달아 우는가,
임 그리워 우는가.
머나먼 길 조심하라
목쉬도록 우는가.
4월이라 곡수절에
물마시고 가신 임이
그토록 서럽던가.

청학동 깊은 골에
숨어 사는 저 총각
하얀 옷에 머리 땋고
엉금엉금 걸어간다.
꽃바람, 물바람,
솔바람, 그늘바람
바람, 바람이 분다.
푸른 바람이 분다.
향기로운 바람이 인다.

멧새가 운다.
울면서 날아간다.
콧재에서 만나자 운다.
눈썹바위, 바위에서
만나자 날아간다.
꽃이 핀다.
계곡으로 내리 피고,
능선으로 치 피는
산나리와 곤달유, 싸리꽃…

자연은 질서,
질서는 조화,
조화는 영겁으로
노래하며 춤추고.

섬진강 하얀 물줄기는
아련히 늘어뜨린
옛 할머니의 치마끈
가물거리는 나루터에
또 하루가 저물거린다.

노고단의 밤

노고단의 산신령님,
선도 성모님
이렇듯 찾아왔소.
1506m 높고 넓은 할미봉에

자욱한 안개 속에
싱그러운 풀 향기는
그 옛날, 그 시절
화랑들의 숨결인가.

지금 여기 산장은
1972년 8월 15일 밤 11시
되찾은 땅덩어리
미친 듯 얼싸안고
외치던 소리
그 만세 소리
어제론 듯 새로운데,
남북으로 갈린 지
스물하고도 일곱 해…

돌아누운 옷자락에
밤바람이 스쳐간다.

노고단의 명물은
안개와 구름
나무도 안개 속에
꽃잎도 안개 속에
외인들의 산장
무너진 벽기둥도
보이는 것은 안개뿐.
안개를 깔고
안개를 덮고
안개를 베개 삼는
노고단의 안개 꿈.

지리산 2백리를
둥둥 떠서 허우적거린다.

중각샘으로

구름을 딛고
안개를 마시며
넘고 넘는 임걸령 고개.
저기,
피맺힌 피아골이
가파른 비탈길을
마구 내리닫는다.

반야봉 오른 길목
노루목은 갈림길
까만 모닥불 자국
따스한 정에
발길은 더디어도
꼬옥 껴안고 싶은
산나리, 동자꽃.

1751m는 반야봉 봉우리
돌을 모아 세운 탑
쌓아올린 돌조각
조각마다 어린 정성이
꽃을 피우고
숲을 가꾸어
계곡을 열었나니,

아름다운 나라는 항상
정성으로 가득하고.

구름을 깔고 앉아
서로 웃는 눈매
땀 절인 얼굴들
아껴 모은 포도주
돌아가는 꽃잔에
안개비가 서린다.

화갯재는 내리막길의 쉼터
날라리봉, 토끼봉
오르내린 숲속 길엔
구불구불 전설도 많고.

그리운 총각샘은
오늘따라 슬프더라.
어제 죽은 총각애는
말없이 화개로 내려가고,
스산한 빈터에는
얼룩진 스타킹
일그러진 코펠
피 묻은 속바지가
유령처럼 걸려 있다.

과학이 싸움을 건다.
부주의에 덤벼든다.
버너는 성이 났다.
호통을 치면서

제멋대로 터졌다.
지나친 교훈이다.
때늦은 뉘우침이다.
멧새가 운다.
유달리 까만 새가
울다가 공구라진다.

고사목의 항변

지보초 향기로운
지보등 넘노라면,
오붓한 연하천은
오늘밤의 쉼터라.
무르익은 밤안개는
터질 듯 고요한데,
오순도순 둘러앉은
캠프파이어의 정열도
시나브로 까무라지고.

사슴이 속삭였나
풀벌레가 귀띔했나.
새벽을 일깨운
부지런한 마음들
병기는 텐트 걷고,
상익이는 쌀을 씻고,
형주는 잠자리 치우고,
물은 돌을 씻고
바람은 안개를 씻고

구름은 하늘을 씻고.

우거진 숲
피비린내 나는 바람이 분다.
비탈길을 휘감아 오르면
삼각고지는 옛 싸움터
쫓고 쫓기고
숨고 쏘아대고
버티고 서로 노려,
빨갛게 불붙은 총부리.
포성은 계곡을 찢고,
여기, 포탄에 쓰러진
까만 고사목의 항변이 있고,
저기, 하얗게 굳어버린
행렬의 노여움이 있고.

고개 너머 또 고개
형제바위 담쟁이는
산길이 두려워서
사람이 서러워서
벼랑 높이 기어오르고.
형아! 아우야!
지리산 열린 뒤
몇몇이나 지나던가?
고운 마음 이고지고
세월 따라 오가더냐.

내리막길 조심하라
눈짓으로 바래주는

의젓한 부자바위
연하굴 벗어나자
나무 끝에 높은 버섯
성호는 쓰러지고
팔이 짧아 미끄러지고
다시 채다 자빠지고,
하하 허허 웃음소리
벽소령에 메아리치고,
넓은 길 구불구불
신흥으로 마천으로
갈라선 벽소령에
굴뚝새가 날아간다.

멀리 가까이
구름너머 그 뒤에는 몰라도
작은 메 높은 봉우리
어디서들 모였는고.
조아리 조아리 사는 양이
갈려 사는 사람보다 슬기롭구나.

능선 따라 오른 길이
향긋한 꽃대봉
덕평봉 선비샘에
목을 달래고
새벽에 나섰다는
약초 찾는 사나이
산삼이 어디던가?
도라지 그만두고
머루 다래 귀찮던가.

더덕손 불끈 쥐고
풀냄새 가리면서
숲속으로 사라진다.
오늘밤은
어디서 쉬고 가나
길도 길도 멀다는데.

우람한 행차

일곱 선인 모여 사는
칠선봉 돌봉우리
앵구러진 다복솔
갸우뚱 받아 이고,
안개 속에 도를 닦아
구름 위에 사시는가.
칠현금 타는 곡조
여울져 흐르는데,
지쳐 누운 고사목
썩는 줄도 모르신가.
조물주 마음먹고 만든 솜씨
깊숙이도 모셨구려.

더덕진 나무뿌리
늘어진 칡넌출,
휘어잡고 건너뛰어
무릎으로 기어오른
사닥다리 비탈진
잣나무 전나무의

우람찬 행차시다.
우리 땅 헐벗었다
어느 누가 말하는고!

산장지기 허우천

호야봉, 촛대봉
원망스레 갈라 세우고,
펑퍼진 세석평전은
그대로 이름난 진달래밭
저 아래 음양샘물
정성껏 마신 여인
아들딸 점지 받고
범에게 속아 넘어
촛대봉 촛불 켜고
속죄 빌다 굳은 바위
진달래 붉은 물은
연진 여인 피눈물인가.
아내를 부르다가
애타게 기다리다
숨이 차서 굳어버린
호야는 돌봉우리.

산장지기 허우천은
지리산 들어온 지
언뜻 열다섯 해
천왕봉 오른 길이
이백예순여덟 차례

지리산 두 번 돌면
한 달이 가고
하룻밤에 60km 걸었다던가.
눈 위의 사마귀는
산사람의 상징인가.
잎담배 말아 피운
손가락 가락마다 장작개비다.

밤이면
노루 토끼 불러 모아
고사리죽 마시며
옛이야기 나누고,
낮이면
약초 화초 찾아다니며
한결같은 오십 평생
지리신 12골이
좁다란 마당이란다.

두물 세물 가버린
연하봉의 산딸기
스쳐간 바람결에
입맛도 시원하고,
성급한 단풍잎은
연분홍 낭자댕기
두 볼에 연지 찍고
생긋 웃고 돌아앉은
첫날밤의 새색시다.

제석단에 빌다

장터목은 구름이더라.
구름은 바다더라.
장터목은 안개더라.
안개는 하늘이더라.
장터목은 바람이더라.
세상사람 다 모였더라.
용과 범이 싸우는 저녁에
산신령이 호통이더라.

선비님네 도포자락
짚세기 신날
닳도록 스쳐간 푸샛길 따라
제석단에 큰절하고
손 모아 비나이다.
두 손 모아 비나이다.
산신령께 비나이다.
천신님께 비나이다.
지신님께 비나이다.
풍신, 우사, 사방신
모신대로 비나이다.
순간도 좋소이다.
그저 그만 좋소이다.
안개 걷고
구름 걷고
달님 얼굴 보이소서.
한번 슬쩍 보이소서.
능선 따라 봉우리마다

새겨 온 저 자국이나마
한번 슬쩍 비추소서.

불꽃 튀는 모닥불
불등걸은 훨훨훨
밤새는 줄 모르고.

푸짐한 잔치

지리산도 천왕봉은
구름이 먹고
안개가 마시고
바람이 쓸어가고
1915m 모두 다 앗아가고
고사목은 유령처럼
떼 지어 다가오고
무리 져 스쳐가고
가파른 바윗길
상식으로 미끄러지고
예의 차려 넘어지고
발길도 조심스런
통천문 통나무다리

제천각 돌부처는
무얼 먹고 사시는고?
바람 움켜 마시고 사나
빗물 받아 마시고 사나
구름 따다 먹고 사나

돌부처라, 돌을 먹고
돌처럼 살아간다.
굳은 마음, 안개 속에
홀로 높이 살아간다.
윤선도 월출산도
미운 것이 안개던가.
그리워서 미움이라
미워 더욱 그립구려.

안개를 감고 앉은
천왕봉 산마루라
덕유, 가야 간 데 없고
남쪽바다 온 데 없어도
냇속에 거느리는
푸짐한 잔칫상.

당귀, 백지, 지오, 작약
강활, 초오, 독미나리
고사리, 버섯, 오미자
약초, 독초, 식용초에
백강로, 만병초는
숨어 사는 선비초다.

참새, 두견, 제비, 물새
곰, 표범, 사향노루, 오소리에
새, 짐승 두루 모여
철따라 새끼 치고.

서나무, 잣나무

상수리에 구상나무
별보다 많은 족속
근심 없이 자란 나라.

구례, 하동, 진주, 남원
고을 따라 길을 열고
화개, 연곡, 동천, 덕천
경호에 섬진강은
백무, 마천, 칠선골
화개, 덕산, 피아골
열두 골에 물 내리고.

중봉이 좋아서

중봉이 좋아서
중봉으로 가나
쓰리봉이 좋아서
쓰리봉으로 가나
나무, 나무숲은
그대로 원시림지대
내리뻗고 치닫고
감치고, 휘돌고
앉아 밀어내리고
엎드려 기고
아슬아슬 뛰어넘는
쓰리봉은 들쭉날쭉

산행 훈장 눌어붙은

상익이 베레모는
광풍이 앗아가고
벼랑 깊이 떨어지고,
배낭은 땀에 절어
판초는 비에 젖어
성호 신발 밑바닥엔
달창이 나고.

가도 가도

치밭목 내린 계곡
이리 꿈틀
저리 꿈틀 저리 꿈틀
사람 지난 흔적 없고
까만 똥 동글한 콩알은
산짐승의 쉼터라.

무재치기 폭포는
줄지어 쏟아지고
3단으로 떨어지고
숲덤불 더덕진 골
요한이는 길을 내고
태진이는 물마시고
유평골 대원사는
고개 너머 아득한데
발목 감는 풀넌출이
함께 살자한다.

비껴나는 빗발 속에
드디어 나타난 가랑잎 학교
돌담의 담쟁이도
늘어 처진 저녁이다.

※ 지리산(智異山) : 소백산맥 최남단에 솟아 있는 높이 1915m의
　산. 방장산(方丈山)·두류산(頭流山)이라고도 하며, 행정구역상 전
　라남도 구례군, 전라북도 남원군, 경상남도 산청군·함양군·하동군
　등 3개도 5개 군에 걸쳐 있고, 1967년 12월 국립공원 제1호로
　지정되었다.
※ 화엄사(華嚴寺) : 전라남도 구례군 마산면 황전리 지리산 남쪽 기
　슭에 있는 신라시대의 절.
※ 노고단(老姑壇) : 전라남도·전라북도·경상남도 경계에 있는 지리산
　연봉의 높이 1507m의 산.
※ 천왕봉(天王峰) : 지리산의 가장 높은 1915m의 봉우리.

오대산 가는 길

강냉이 달이 차서
허릿배가 불렀구나.

다갈색 긴 수염에
부끄러움도 없어

알알이 쏟아진 날엔
한시름이 놓이겠다.

※ 오대산(五台山) : 강원도 평창군 진부면과 홍천군 내면의 경계에
   있는 높이 1563m의 산.

민주지산

표고밭 영감님은
마을로 내려가고

홍시감 무르익은
텅 빈 산골에

겁 많은 다람쥐만이
무던히도 바빴다.

※ 민주지산(眠周之山) : 충청북도 영동군 용화면·상촌면과 전라북도
　　무주군 설천면의 경계에 있는 높이 1242m의 산.

덕유산 소식

때 아닌 낙엽 속에
몰아치는 눈보라

멧새도 울지 않는
토라진 능선 길에

임 그려 파르르 떠는
산철쭉 두어 송이

※ 덕유산(德裕山) : 전라북도 무주군·장수군과 경상남도 거창군·함양
군에 걸쳐 있는 높이 1614m의 산.

소백산

그대,
너그러운 마음씨에
소박한 아줌마여!
옷고름 반만 풀어
밋밋이 내민 가슴
피고 지는 계절 따라
구름이요, 안개더라.

국망, 연화 불러 모아
아들딸 거느리고
도란도란 타이르는
눈매 고운 주름살
부석사 내리막길에
밤안개가 내린다.

※ 소백산(小白山) : 경상북도 영주시 풍기읍·순흥면과 충청북도 단
  양군 가곡면 경계에 있는 높이 1440m의 산. 이곳에 높이 1421m
  의 국망봉과 높이 1357m의 연화봉이 있다.

병풍산

눈 녹은 병풍산에
꾀꼴새 울면
진달래 꽃망울도
가슴 부풀어

아늑한 오솔길에
종이 울리면
아련히 떠오르는
그리운 얼굴

향기로운 솔바람에
꿈을 가꾸며
항상 여기
푸르게 사는 병풍산

※ **병풍산**(屛風山) : 전남 담양군 대전면에 있는 높이 822m의 산.

첨찰산에 올라

우수영 울돌목은
돌도 울던 옛 싸움터

새로 열린 연륙교
붐비는 구경꾼들

무심한 길 언덕 위에
대첩비만 높았다.

※ **첨찰산**(尖察山) : 전라남도 진도군의 섬 진도에 있는 높이 485m
　　의 산.

희양산

가은 땅 희양산은
얼음병풍 절벽이다.
봉암사도 옥석대도
굳을 대로 얼어붙은
나무아미타불이다.

은티마을 넘어가는
지름티재 그만두고
절묘한 구왕산도
눈 속의 참선인가.

바위굴에 사는 노인
의심스런 눈빛으로
어찌 왔나 어디로 가나
꼬치꼬치 캐묻는다.
우리 강산 제 발로
오가는데
어찌 그리 걱정인고.

흰구름 떠받든
백운암의 바윗길
달달달 떨린 무릎
숨찬 바위서슬에

아차! 하면
아무도 모를 낭떠러지다.

그러나
모진 계절 속에
끊임없는 생명이 있어
머잖아 한고비 넘어서면
죽은 듯 멍든 바위옷도
파르르 숨타나리라.

※ 희양산(曦陽山) : 충청북도 괴산군 연풍면과 경상북도 문경시 가
    은읍에 걸쳐 있는 높이 999m의 산.

계방산의 혼잣말

그리움은
땀 흘린 보람으로
엉켜 뭉치고,
의지로운 바위가
영겁을 지키는 곳.

여기는 정상이다.
눈비바람 천둥인들
어찌 감히 범하랴.
홀로 되뇌보는
소리 없는 메아리

'여기는
우주의 한복판이다'

※ 계방산(桂芳山) : 강원도 홍천군 내면과 평창군 용평면 경계에 있
　는 높이 1577m의 산.

천마산

혼자서 휘어 넘는
천마산 험한 고개
발부리 조심조심
나무 허리 부여안고
귀담아 느껴 듣는
심장의 고동소리

※ 천마산(天摩山) : 경기도 남양주시 진접읍과 화도면 경계에 있는
　　높이 812m의 산.

백운산

흰구름
쉬어간 자리
가랑잎 사이로
다람쥐가 뽀르르

때가 되면
너나없이 가야 할
세월 속에

소리 없이 흘러간
흰구름 한 조각.

※ 백운산(白雲山) : 전라남도 광양시 다압면·옥룡면·진상면의 경계에
　있는 높이 1218m의 산.

환히 열린 사불산

또 한 마리 파랑새가
훌훌 떠나려는 '푸른 숲'
지우개 없는 연필로
또박또박 그려나갈
젊음의 꿈이다.

그럼, 어서 가라
잘 되어라 빌어보는
허전한 능선길이다.

무등산에서 월출산에서
지리산에서 설악산으로
토끼처럼 돌아다닌 지난 세월,
오늘따라 그녀들의 모습이
유달리 눈앞에 어른거린다.

'푸른 숲'에서 파랑새들이
날아가 버린 날
나는 어느 산모롱이에서
새싹이 움트는 소리를
축복으로 지켜 들으리라.

때로는
파랑새가 물고 올 엽서 한 장,

바람결에 사연도 묻어오리라.

그리하여 그리운 마음의 세월이
아주 멀리 사라지는 날,
어느 호젓한 산그늘에 누워
푸른 꿈에 잠기리라.

여기 표고 913m
사불산의 산마루 또한
파랑새인 양 환한 날씨다.

※ **사불산**(四佛山) : 경상북도 문경시 산북면 전두리에 위치한 높이
   913m의 산. "공덕산(功德山)"이라고도 한다.

무등산

무등이 말이 없을 때
나는 기쁘고,
무등이 말이 없을 때
나는 슬프고,
무등이 말이 없을 때
한없이 외롭다.
무등이 다문 입술 여는 날
빛은 세상을 밝히고
그리고 사라진다.

※ 무등산(無等山) : 광주광역시와 전라남도 담양군 남면, 화순군 이
    서면과 경계를 이룬 높이 1187m의 산.

주흘산

땀 절인 속옷
쥐어짜는 산마루
따스한 체온이
손아귀에 괴여 든다.
있는 힘 힘껏 모아
불러보는 '어머니!'

※ 주흘산(主屹山) : 경상북도 문경시 문경읍의 북쪽에 있는 높이
　　1106m의 산.

여기는 장백, 저기가 백두산

눈앞에 우리 땅 두고
머나먼 길 돌고 돌아
찾아온 만리길.
산은 본디 하나건만
여기는 장백
저기가 백두산이란다.
그렇잖아도
동강난 이 강산에
어쩌다 하늘못마저
둘로 나눠 흐르나
(1989. 4.)

― 시집 『풀잎의 노래』에는 「저기가 백두산」으로 수록되어 있다.―

※ 백두산(白頭山) : 양강도 삼지연군과 중국 지린 성[吉林省]에 걸
　　쳐있는 높이 2750m의 산으로, 중국 지린 성 안투 현[安圖縣] 얼
　　다오바이허 진[二道白河鎭]과 국경을 이룬다.
※ 하늘못 : 백두산 정상에 있는 자연호수인 천지(天池)를 일컫는다.

운문산 내리막길

어머님 가신 뒤,
소식 그립더이다.
스쳐간 구름결에
얼비치는 그 모습
누룽지 옴싸 안고
하늘 다시 쳐다보다
헛디딘 내리막길에
그저 주저앉았소.

※ 운문산(雲門山) : 경상북도 청도군 운문면과 경상남도 밀양시 산
　내면 경계에 있는 높이 1188m의 산.

가칠봉

여기 우거진 숲 그늘에
자리 잡아 모시나니
장갑이여,
고이고이 쉬시라.
가칠봉 푸른 하늘에
옛사랑이 새롭다.

※ **가칠봉**(加漆峰) : 강원도 인제군 인제읍과 기린면 사이에 있는 높
이 1165m의 산.

유학산

6·25가 쓸고 간 뒷자리
이제는 짙푸른 숲바다다.
어디서 무얼 하든
같은 겨레붙이 소나무들.

한사코 자르지 않아도
그 속내 나뭇결이
믿음으로 열리는 날
얼마나 알뜰한 사랑이려냐.

저기,
한숨의 능선을 따라
질식의 골짜기마다
새싹들은 저리도 무성한데…

※ 유학산(遊鶴山) : 경상북도 칠곡군 동명면과 가산면에 걸쳐 있는
　높이 839m의 산.

진락산 은행나무

돌고 도는 지구가
자칫 헛발을 디뎌
궤도를 벗어나는 날에도
마음의 본자리에 머물러
삶의 질서를 이어나갈
우리의 은행나무다.

암수가 항상
생명으로 다가서서
다정스레 눈 맞추며
꽃피우고 열매 맺어
귀한 핏줄 이어내린
우리 은행나무다.
(1990. 6.)

※ 진락산(進樂山) : 충청남도 금산군 금산읍과 남이면 사이에 걸쳐
   있는 높이 732m의 산.

온정리에서

썰렁한 농삿집
앙상한 가지 끝에
감 하나 남기지 않고
가을은 가다.

가다 말고
둑길에 멈춰 서서
웃으며 손을 흔드는
다순샘골 아이들.
(1998. 11.)

- 시집 『풀잎의 노래』에는 「늦가을」로 수록되어 있다. -

※ 다순샘골 : 북한 쪽의 강원도 고성군 외금강면 온정리(溫井里)를
    일컫는다.

되돌아선 암잣길

여승이 홀로 지킨
사불산 외딴 산골
찾아 오르는 눈길에
내려간 흔적이 하나
아서라,
주인 없는 암잣길에
흰 발자국 더럽힐라.

※ **사불산**(四佛山) : 경상북도 문경시 산북면 전두리에 위치한 높이
913m의 산. "공덕산(功德山)"이라고도 한다.

삿갓봉

삿갓은 하늘을 가린다.
삿갓은 땅을 덮는다.
그러나
삿갓봉에 올라서면
세상의 안팎이
훤히 드러나 보인다.

※ 삿갓봉(−峰) : 삿갓처럼 생긴 모든 산봉우리. 우리나라의 산 곳곳
　　에 있는데, 강원도 영월군 주천면, 평창군 평창읍 미탄면, 춘성군,
　　경상북도 경주시 양남면, 봉화군 석포면, 전라북도 무주군·장수군,
　　남원군 등에 있는 '삿갓봉'이 유명하다.

까투리의 죽음

신문지 수의(壽衣) 입혀
버스로 운구(運柩)하니,
조객들 묵념인가
아무런 말이 없네.
오늘밤 영결 마당은
어느 뉘 술상인고.
차창에 부딪친
노추산 까투리

※ **노추산**(魯鄒山) : 강원도 강릉시 왕산면 대기리와 정선군 북면 구
　절리 사이에 있는 높이 1322m의 산.

칠보치마

처음 만난 산골에
어인 기다림인가.
용화사 저녁 종소리에
사르르 떨리는 저 입술.
늘어진 치맛자락에
노을이 아른거린다.

※ **칠보치마**(七寶-) : 경기도 수원시 권선구 호매실동에 위치해 있
　는 높이 239m의 칠보산(七寶山)의 노란색을 띤 녹색 꽃을 일컫
　는다.

초롱꽃 첫사랑

살며시 열린 입술
원등산에 불 밝히고
자줏빛 물들어가는
초롱꽃의 첫사랑

※ 원등산(遠燈山) : 전라북도 완주군 소양면 해월리에 위치한 높이
　　715m의 산.

신털메산

굶주린 허리띠
한껏 졸라매고
뒤틀뒤틀 휘어 오른
가파른 고갯길
어린 것 보채는 소리
턱에 닿는 보릿고개

– 시집 『풀잎의 노래』에는 「보릿고개」로 수록되어 있다. –

※ 신털메산 : 전라북도 김제시 부량면 신용리에 있는 벽골제(碧骨堤) 서북쪽에 있는 높이 약 30m의 산으로 '털메산'이라고도 한다. '신털메산'은 논농사 때마다 굵고 거칠게 삼은 짚신인 털메기에 엉겨 붙은 흙을 한곳에 털어놓은 흙더미가 쌓이고 쌓여 만들어진 것이라 전한다.
※ 보릿고개 : 먹고살기 어려웠던 고비.

제2장
산골에 묻힌 이야기

산바람 골바람

바람,
오늘도 산자락에 바람이 인다.
세상 바람은
잠시도 가만있질 않는다.

낮에는 어지러운 소문
골바람에 걸러 마시고,
밤이면 번거로운 마음
훨훨 털어내는 산바람이 분다.

구정봉 선녀

월출산 달 밝았다
구정봉에 내린 선녀

목욕물 시원턴가
막내 옷 뉘 감췄나.

넌지시 웃는 저 총각
구림마을 산다지.

※ **구정봉**(九井峯) : 전라남도 영암군 영암읍 회문리 월출산(月出山)
　　서쪽의 높이 738m 봉우리.

용추계곡

능선을 빚어 올리고
암벽을 세우던 날

땀방울은
폭포로 쏟아지고
굽이굽이 여울지고

자랑찬 너의 노래는
한바다로
물길을 열었나니

이젠
푸짐한 자연 속에
세월이나 가꾸려무나.

※ **용추계곡**(龍湫溪谷) : 강원도 동해시와 삼척시에 경계를 이룬 높
이 1352m의 두타산(頭陀山)에 있는 계곡.

용안수

물 한 모금에
까마득해지는 사바
물 두 모금에
밝아오는 마음
한 번 더 마시고나면
물맛마저 잊겠구려.

※ 용안수(龍眼水) : 강원도 평창군 진부면 동산리에 위치해 있는 높
  이 1563m 오대산(五臺山) 중대(中臺)의 적멸보궁(寂滅寶宮) 근
  처에서 나는 약수(藥水).

불암골 다람쥐

불암골 다람쥐도
칠석 잔치 차리나 봐.

모과 알 주워 모아
숲속으로 들랑날랑

약숫물 언제 긷나
떡방앗간 붐빌라.

※ **불암골**(佛岩-) : 강원도 정선군 남면과 화암면에 걸쳐 있는 높이
　　1117m의 민둥산(-山)에 있는 골짜기.

화암 약수

화암골 약수물은
만병 고친 선약이라

새카만 마음보도
한 움큼에 바래나니

어질다 자랑 말고
오며가며 마시소.

※ **화암골**(畵岩-) : 강원도 정선군 동면 화암리에 있는 골짜기.

덕숭골에 맺힌 사랑

괴로운 청춘을랑
덕숭골에 불사르고,
믿음이 도타워서
기쁜 마음 환희댄가.
관세음, 나무아미타불
목탁소리 들린다.

환희대 처마 끝에
낙숫물 듣는 소리
백팔염주 굴리며
염송하는 임이시라.
천성을 갈고닦아
부처 되려 하시네.

※ **덕숭산**(德崇山) : 충청남도 예산군 덕산면에 있는 높이 495m의
　　산. 이곳의 사찰 수덕사(修德寺)에 승탑(僧塔) 환희대(歡喜臺)가
　　있다.

쑥밭재

재는 기다리는 마음이다.
서로 만나는 그리움이다.
재는 떠나보내는 아쉬움이다.
그리하여 돌아보고
되돌아보는 미련이다.
더러는 못다 한 말
물끄러미 바라보는 서글픔이다.
푹석 주저앉는 아픔이기도 하다.

※ 쑥밭재 : 지리산(智異山)에 있는 높이 1220m의 고개.

탑 쌓는 노인

검단산 산곡골에
돌 다듬는 망치소리

반쯤 쌓인 돌탑 곁에
알림판이 하나

앞으로 백 날이면
'장수탑'이 이룩됩니다.

헛된 마음 멀리 벗어난 산골,
과학과 정성이 어우러진
차분한 질서와의
훈훈한 만남이다.

탑 쌓는 까닭 묻질 마오.
자연스런 자연의 뜻이라오.

겉치레 번드레한
속없는 온갖 돌탑이
숲을 이룬다 해도
멧새인들 드나들겠소?

※ 검단산(黔丹山) : 경기도 하남시 하산곡동과 성남시의 경계를 이
   루는 높이 657m의 산.

옛터

꿈속에 꿈을 가꾼
홍 포수 옛 막터
지나가는 산꾼마다
한숨 돌린 숲속에는
세월을 실어 나르는
물소리만 맑았다.

※ 옛터 : 강원도 인제군 기린면과 양양군 서면에 경계를 이룬 높이
   1424m의 점봉산(點鳳山)자락에 있는 예전의 집터를 일컫는다.

마당바위(1)

월출산 천왕봉은
치솟아서 송곳이라.
마나님 모실 데 없어
마당바위 닦았나.

※ **월출산**(月出山) : 전라남도 영암군 영암읍과 강진군 성전면의 경
  계에 있는 높이 809m의 산.

마당바위(2)

오가는 사람마다
짓밟으며 올라앉아
돌이다 마당이다
나름대로 푸념이다.
한마당 쉬어가는 길에
입도 말도 많구려.

임의 뜻을 모르시면
그대로 지나가지.
밟히고 찢긴 가슴
자국마다 멍들었소.
말없는 돌방석이라
마음조차 없을까.

※ 마당바위 : 서울 노원구 상계동과 경기도 의정부시, 남양주시 별내
　면의 경계에 있는 높이 638m인 수락산(水落山)에 있는 바위.

오심재

오심재 넘어 임이 오신다기에
눈여겨 기다려도 어둠만 밀려오네.
돌부리 사나운 진불암 길에
눈비나 열댓새 내리 오시라.

※ 오심재 : 전남 해남군 삼산면 구림리의 높이 703m인 두륜산(頭輪
　　山)에 있는 고개.
※ 진불암(眞佛庵) : 두륜산의 중턱에 있는 사찰.

금강굴 소망

꺼진 촛불
까맣게 타버린 입술

지극한 소망은
꿈속 천리길.
벼랑엔 진달래 활짝
쳐다보는 그리움.

※ 금강굴 : 전라남도 순천시 낙안면 동내리 낙안읍성의 높이 668m
　　인 금전산(金錢山)에 있는 동굴.

비룡폭포

당신을 뵈오러,
이렇듯 찾아왔소.

쿵, 쿵 내리찧는
그 의욕으로 하여

이토록 다정하게
물길을 열으셨나이까.

영겁으로 이어 내린
조상님들의 남기신 말씀

흩어진 물거품이
한데 모여 흐르는 뜻은

그래도 한 핏줄로 태어난
겨레의 소망이거니.

※ 비룡폭포(飛龍瀑布) : 강원도 속초시 설악동에 있는 높이 40여 m
　의 폭포.

남설악 남교리의 밤

비나이다.
비나이다.
김밥 말아
상 차리고
술을 따라
비나이다.

내일 아침 6시
12선녀탕으로
떠나렵니다.
바라옵건대
탕수동 계곡에
안개 쓸어 가고
대승령 고갯길에
먹구름 거두소서.
(1981. 8.)

※ 남설악(南雪嶽) : 강원도 인제군 북면 한계령 이남(以南)의 오색
　 지구를 일컫는다.
※ 남교리 : 강원도 인제군 북면 남교리.

12선녀탕

남설악 깊은 골에
12선녀 어디 갔나.
신비로운 열두 탕 물
검푸른 간장 빛이다.

까마반지르한 어머님의 장독
님의 손길이 자르르 빛나네요.

구릿빛으로 다져진 그 얼굴
괴로움을 웃음으로 달래신
인고의 미덕이
영원을 향해 넘쳐흐른다.

싱그러운 신록으로 술을 담가
안개 속에 무르익는 날
벼랑 끝 담쟁이도
얼굴 붉게 빛나리라.
(1981. 8.)

※ 12선녀탕(十二仙女湯) : 강원도 인제군 북면 용대리 설악산 자락
　에 위치한 폭포.

쌍선봉

평화로운 그 마음
세월 따라 아득한데

꾸밈없이 낮춘 모습
소탈해서 이무럽구려.

하나같이 말없는 곳에
믿음이 더한 나라

서로 내세울 줄 모르는
쌍선봉의 옛님네다.
(2003. 8.)

※ 쌍선봉(双仙峯) : 전라북도 부안군 변산면 변산반도에 있는 높이
   459m의 봉우리.

넓은 가슴 선자령

가도 가도 보이지 않는
자연의 고향 어디쯤인가.
너무 높고 깊고 아득하여
끝 간 데를 모르겠네.

나름대로 찾아다닌 세월 속에
그저 즐거운 마음의 길,
넓은 가슴 선자령에
쉬어가자 멈춰 섰다.
(2005. 9.)

― 시집 『풀잎의 노래』에는 「선자령에 멈춘 발길」로 수록되어 있다. ―

※ 선자령(仙子嶺) : 강원도 강릉시 성산면 보광리와 평창면, 도암면
   횡계리 삼정평 사이에 있는 높이 1157m의 고개.

자연의 고향 신선골

푸른 생명이 넘치는 산골,
길은 있어도 보이지 않는
까마득한 마음의 길
시냇물 따라
아란야의 숲속에
깊숙이 열렸으리라.
짐승도 다니지 않는
원시의 신선골은
분명 자연의 고향이다.
(2003. 5.)

※ 신선골 : 강원도 평창군 진부면과 홍천군 내면 경계에 위치한 높
이 1563m의 오대산(五臺山)에 있는 골짜기를 일컫는다.
※ 아란야(阿蘭若) : 한적한 수행처라는 뜻으로, 절, 암자 따위를 일
컫는다.

그리운 눈매

발왕아, 옥녀야,
마음이 두터워 발왕이냐,
옥같이 고운 태깔
예쁘다 못해 옥녀더냐.

가난이 죄 되어
돈벌이 떠난 발왕이
기약 없는 세월 속에
이루지 못한 사랑이어라.

오늘도 그저 아련히
전설 속에 바라보는
그리운 눈매
발왕산, 옥녀봉이다.
(2005. 9.)

※ 발왕산(發旺山) : 강원도 평창군 진부면과 도암면 경계에 있는 높
　　이 1458m의 산.
※ 옥녀봉(玉女峰) : 발왕산 동쪽의 높이 1146m의 봉우리.

범골의 다람쥐

숲은 사랑하는 이의 보금자리다
자연은 아끼는 이의 고향이다
세상 모든 것은 있는 곳이
있어야 하는 제 자리다

덧없는 세상 아예 등지고
자연의 품에서 살아가려는
자랑스런 우리네 다람쥐여

부질없는 이 넋두리
설사 꿈이런들 어떠랴
(2006. 7.)

※ 범골 : 경기도 의정부시에 있는 높이 552m의 사패산(賜牌山)에서
　　호암사(虎岩寺)로 오르는 골짜기.

제3장
아름다운 만남

산

만나면 말이 없고
돌아서면 새삼 그리워
그래서
당신님은 언제나
산으로 계시는가 보다.

복천암에서

문장대 오르는 길에
목탁소리 따라드니,
바위 틈 흐르는 물에
얼비치는 꽃그림자.

여보게!
땀 흘린 보람
마시고나 가소.

복물이 따로 있나
마음속에 복이라오.
어질고 고운 마음
이고, 지고, 모시고
사람들 무어라 해도
복을 주고 복 받소.

※ 복천암(福泉庵) : 충청북도 보은군 내속리면 사내리 속리산국립공
　　원에 있는 암자.
※ 문장대(文藏臺) : 충청북도 보은군 속리산면과 괴산군, 경상북도
　　상주시 화북면에 걸쳐 있는 높이 1058m인 속리산에 속하는 높이
　　1054m의 봉우리.

선암골

선암골 숲 그늘에
서로 안고 누운 나무
다사한 가을 속에
꿈은 어이 깊었는고
늙어서 고와보이는
젊은 날의 그 모습.

헛디딘 디딤돌에
물이끼가 미끄러워,
일어나 되자빠진
풍덩 소리 얄미워라.
못 본 채 도라지꽃도
고개 돌려 웃는다.

모래 속에 숨은 물이
다시 만나 여울지니,
승선교 굽은 다리
걸어가는 무지개라.
때 묻은 발자국마다
고여 드는 종소리.

※ 선암골 : 전라남도 순천시 승주읍 죽학리 조계산 동쪽 기슭에 있
　　는 선암사(仙岩寺)의 골짜기.

소록도

바람도 꺼리고
물새도 쉬지 않는 해역

더덕진 상처 위에
달이 뜨고 꽃이 피어도
사랑은 천 리나 멀어

버들가지 파르르
물이 오르면
엄지가락 마지막 떨어진다는데,

푸른 산 맑은 물이 죄 되어
네 이름은 '문둥이 섬'

※ 소록도(小鹿島) : 전라남도 고흥군 도양읍 소록리에 속한 섬. 녹
　　동항에서 남쪽으로 약 600m 지점에 있다.

대청도의 숨결

높은 하늘, 푸른 바다와
평생을 함께하는 사람들.
시들지 않고 지는 동백꽃같이
신선의 얼이 담긴 해당화처럼
자연의 숨결 따라
한결같이 살아간다.
이슬 먹고 자라는 풀꽃 또한
일부러 꾸며낸 전설이 아니다.
(2004. 3.)

※ 대청도(大靑島) : 인천광역시 옹진군 대청면에 속한 섬.

불갑사

불갑사 가는 길은
가지 뻗어 터널이라
밤 아닌 한낮에도
야호, 요호 외쳐보고,
모르게 쫓기는 마음
발길마다 돌부리다.

불갑사 부처님은
신식 과자 잡수시고
지그시 감은 눈엔
졸음마저 고여 들어
전일암 목탁 소리가
팔십 리나 멀어.

천왕문 잣나무는
세상 티끌 짓누르고,
하늘 높이 찌를 듯이
절개 곧아 백 년인가.
사철을 시새움 속에
홀로 높이 섰거늘.

불갑사 백일홍은

반들반들 닳아지고,
힘겨운 늙은 소나무
받침대에 매어 사는데,
감나무 대추가지는
주렁주렁 거느렸다.

※ **불갑사**(佛甲寺) : 전라남도 영광군 불갑면 모악리에 있는 사찰.
함평군 해보면과 경계를 이룬 높이 516m의 불갑산(佛甲山)자락
에 있다.

고란사

비탈길 깊숙이도
자리 잡아 모셨구려.
고란수(皐蘭水) 한 움큼에
두 여름이 스쳐 가고,
지새는 풍경소리에
가을바람이 인다.

※ 고란사(皐蘭寺) : 충청남도 부여군 부여읍 쌍북리에 있는 높이
　　106m의 부소산(扶蘇山) 북쪽 백마강변에 있는 사찰.

낙화암

봄이면 가을마다
벼랑에 피는 꽃은
푸른 강물이
하두 서러워
자지러졌다.

여보게―
뱃사공
망한 게 뉘 땅이죠?
떨어진 게 낙화라오.

※ 낙화암(落花巖) : 충청남도 부여군 부여읍 쌍북리에 있는 높이
　　106m의 부소산(扶蘇山)에 있는 낭떠러지바위.

입석사

치악의 황곡골은
숲과 물의 고향이라
물 따라 들어갈수록
이끼 짙은 옛 세상

스님은 어디 가고
매미소리 염불인가
갈바람 가쁜 숨결에
실려 오는 가랑잎

나한정 언덕바지
위태롭게 무너지고,
입석대 사닥다리
한가로이 녹슬었다.

※ 입석사(立石寺) : 강원도 원주시 소초면 흥양리에 속하는 높이
    1288m의 치악산(雉岳山) 입석대 아래에 있는 사찰.

한낮의 불영사

여름이 한창이라
목탁소리 조을고

사르르 스쳐 가는
고추잠자리

연못은 다시 아물어
천년 꿈에 잠긴다.

※ 불영사(佛影寺) : 경상북도 울진군 서면 하원리의 높이 653m 천
　축산(天竺山)에 있는 사찰.

비 내리는 안압지

영화로운 천년 꿈도
하루아침의 원한도
멀리 가버린 안압지에
싸늘한 비가 내린다.

파르르 떠는 풀잎
그 외로운 몸부림.
동그랗게 이는 물무늬가
물거품으로 사라진다.

기약 없는 물속에
가신 넋을 건지려는
할아범의 낚싯대 끝에
비바람이 스쳐간다.

※ 안압지(雁鴨池) : 경상북도 경주시 인왕동에 있는 통일신라시대의
　 연못.

한강 선유정

한강 선유도공원
빈틈없이 들어앉은 선유정에
말이 없는 사람들.

신선이 따로 있나
나름대로 신선이지.

피고 지는 노을 속에
웃음도 한숨도
스스로의 몫이다.

※ 선유정(仙遊亭) : 서울 영등포구 양화동의 한강(漢江) 선유도공원
　 에 있는 정자(亭子).

희방사의 새벽

파아란 하늘이
저리도 그리워서

담쟁이도 돌담 높이
뻗어 오른 새벽인데

긴 홈대 흐르는 물얼굴에
고여 드는 종소리.

※ 희방사(喜方寺) : 경상북도 영주시 풍기읍 수철리에 있는 사찰.
　풍기읍 순흥면과 충청북도 단양군 가곡면 사이의 경계를 이루는
　높이 1440m의 소백산(小白山)자락에 있다.

오뉘탑

그리워 애달파서
꿈길에서 만난 사랑.
소맷귀 슬그머니
끌어안는 새벽마다
깊은 정 타는 가슴은
불심 따라 오누이라.

※ 오뉘탑 : 대전광역시와 충청남도 논산시·공주시 경계에 있는 높이
　　845m 계룡산(鷄龍山) 동학사(東鶴寺)에서 갑사(甲寺)로 넘어가
　　는 중간에서 서 있는 두 개의 탑.

빗속의 두만강

갈 수도 없고
오지도 못하는
빗속의 다리

한평생 짝사랑에
강물만 기웃거리다
돌아선 두만강,

※ 두만강(豆滿江) : 한반도의 북동부에 위치하여 중국 및 러시아와
  국경을 이루며, 우리나라에서 두 번째로 긴, 길이 610㎞의 강.

향일암

남녘 바닷가에
뿌리 깊은 늘푸른나무
세월 따라 주름진 모습이
더욱 고와 보이는 한낮이다.

하늘은 태초부터
울었다 웃었다
찡그렸다를 되풀이하지만
제자리에서 한결같은 바위
그 침묵의 미덕 속에
오늘도 하루가 뉘엿거린다.

향일암은
빛깔 짙은 꽃방석이 아니다.
열려 있는 놀이터가 아니다.
천여 년 세월의 믿음과 사랑이
차곡차곡 눌어붙은 후미진 곳,
향일암의 향기는
몸소 다녀간 사람만의 몫이란다.

멧새가 날아가면서
쉬ㅡ, 쉬ㅡ 귀띔을 한다.
(2008. 4.)

※ 향일암(向日庵) : 전라남도 여수시 돌산읍 율림리에 있는 신라시
　　대의 사찰.

공주를 만나러

애초엔 이름도 없던
외돌토리 공주봉
요석공주 힘입은
자랑스런 이름이다.

아차,
사랑하는 정혜야!
이만 내려가자꾸나.
우리 공주 곁에 두고
없는 신라의 딸
요석이만 찾았구나.

넘치지 않는 생활은
근심 없는 부자라.
한사코 찾아 나선
너.
천사가 따로 있다더냐…

※ 공주봉(公主峰) : 경기도 동두천시에 있는 높이 535m 소요산(逍遙山)의 한 봉우리. 이곳에서 신라시대의 고승 원효대사(元曉大師)와 태종무열왕(太宗武烈王)의 딸 요석공주((瑤石公主)가 인연을 맺은 아름답고 슬픈 전설이 전한다.
※ 정혜 : 송한메의 며느리.

선녀탕

계곡 깊숙이 스며든
가을빛을 헤치고
한사코 찾아든 선녀탕이다.
꽃빛에 한더위에
나비도 달아오르는 가슴
달랠 길 없어
쌍날개 부채질로 달래보는 한낮이다.
아무리 기다려도
오지 않는 님이시라
행여나 바위서리 낭떠러지
발이라도 헛디뎠나.
바람도 소곤거리지 않는
험한 골 소요산의 선녀탕.

※ 선녀탕(仙女湯) : 경기도 동두천시에 있는 높이 535m 소요산(逍
　遙山)의 한 골짜기연못.

연평도 사랑

조용한 분위기에
두터운 그 마음
멀리도 내다보는
그 깊은 헤아림
길이 빛날 그댄
질서의 고향이다
자나 깨나 미더운
연평도 사랑이다.

- 소연평도를 지나면서 -

갈매기 아니, 백구여!
변함없는 몸빛으로
고금을 이어내린
한결같은 씨족이여.
하기야 고운 마음밭에
어찌 까만 그림잔들
얼씬거리기나 하랴.

얼굴바위여!
믿음직한 그 콧대
무어라 흥얼대는 거냐.
사시시철 밤낮으로

자연 속에 노니는 그대는
자연의 자연이다.

- 구리동 해변에서 -

이름난 해송아 해당화야
그 해변바다 밑바닥에서
아직도 생사를 건
지난날의 악몽에 시달리는가.

그대들의 모습이 궁금해
마음만 남기고 떠난 길손.
자연은 쉬이 죽지 않는다.
자연은 어디서나 자연이다.
(2011. 8.)

※ 연평도(延坪島) : 인천광역시 옹진군 연평면에 속한 섬. 대연평도
　 와 소연평도를 아울러 일컫는다.

기다리는 마음

뜻대로 되지 않는 것이
어찌 분갈이 동백뿐이랴.
소망과 의욕만으로
봄은 꽃을 피우지 않는다.

너와 나를 모르는 서로 다른 맘 바탕에
또 기다림으로 이어지는
아득한 고개, 그리운 봄이다.

제4장
바다 건너 저 멀리

오늘도

오늘도
해가 뜨고 달이 진다.
낙엽처럼 차곡차곡 쌓인
지나온 여든 고갯길.

나라 밖에서
주섬주섬 주워 모은 이야기가
새삼스레 그리워…

아직도 못다 한 사연이 있어
즐거운 보람 앞세우고
다시 길을 떠난다.

〈일본 편〉

가사가다케⑴

한사코 오른 오쿠히다[奧飛騨]골,
막다른 가사가다케[笠ヵ岳]에 비가 내린다.
오르내리는 사람도 귀하고
바람마저 자지러진 가사신도[笠新道]
건너 쪽 야리[槍]와 호다카[穂高]가
힘을 불어넣는 삿갓길이다.
그러나 앞으로도 8시간
올라갈까 돌아설까 망설인 발걸음.
마음은 벌써 정상에 머물러 섰다.
몸은 이미 꽃밭길 능선을 지나
가사가다케 산장에 누워 퍼졌다.
산마루에 모신 돌부처와 케른은
큰비바람도 비켜 가려나 보다.
저 아래 우뚝 선 샤쿠죠다케[錫杖岳]는
어느 도승이 지나간 지팡이 표적인고.
(2000. 3.)

※ 가사가다케[笠ヵ岳] : 일본 북알프스 원생림(原生林) 보호지대에
   있는 높이 2898m의 산.
※ 케른(cairn) : 기념으로 쌓은 돌무더기

가사가다케(2)

깊숙이 찾아든 오쿠히다[奧飛騨]
일본 북알프스의 끝자락
누구라도 고개를 내젓는
지루한 지그재그 삿갓길이다.

가가미다이라[鏡平]는
알프스 동서남북의 갈림길이라,
어린이의 눈망울처럼 빛나는
거울못이 더욱 천연스러워.

깎아지른 얼음벽의 골짜기
끝없이 이어지는 알프스 연봉
만년설의 고갯길에
유달리 빨갛게 물든 가마목.

느긋한 마음밭에는
더딘 시간도, 가파른 길도
저절로 너그러워지는
아득히 열린 천연공원이다.

바윗돌에 그려진
화살표, ○표 따라 올라온
표고 2800m의 삿갓산 산장
한여름의 장작불 둘러싸고

나름대로 즐기는
내일의 산행 이야기.

능청스런 너구리도
잔재주 일삼는 원숭이도
드나든 일 없고,
계절 따라 빛깔 바뀐 뇌조도
얼씬거리지 않는 이 쉼터
제멋대로 날뛴 세상 바람도
함부로 스며들지 못하는
원생의 밀림, 자연의 숲속이다.

여기는
표고 2800m의 삿갓봉 정상
높고 낮은 케른들이
비 끝의 죽순처럼 솟아올랐다.

저 아래 샤쿠죠다케[錫杖岳]는
어느 도승의 지팡이 표적인고.
삿갓도 지팡이도
홀로 따로 외로운 기쁨이다.

※ 가사가다케[笠ヵ岳] : 일본의 북알프스 원생림(原生林) 보호지대
   에 있는 높이 2898m의 산.
※ 케른(cairn) : 기념으로 쌓은 돌무더기.

오쿠호를 바라보며

감성은 가자하고
이성은 되돌아가자 한들
오도 가도 못한 막다른 길목에서
억! 하는 순간
운명은 발을 헛디뎠나 보다.

※ **오쿠호** : 일본 북알프스의 높이 3190m의 최고봉인 오쿠호다카다
케[奧穗高岳]를 일컫는다.

아리랑고개

여기, 아리랑고개는
함부로 넘어 다니는
고개가 아니다.
한 많은 젊은이들이
슬픔과 괴로움을
한가슴 안고
고향을 부르던
아리랑고개다.
간절한 그리움에
저절로 오르내린
마음의 고개다.
그리운 사랑의 고개다.
(2001. 6.)

※ 아리랑고개 : 일본 오키나와현[沖繩縣]에 딸린 아카시마[阿嘉島]
　　에서 조선인 종군군위안부(從軍慰安婦)들이 "아리랑"을 부르며 울
　　고 넘던 고개.

검은나리꽃

여름이 헐레벌떡 물러난 자리에
가을이 곱게 물들어 앉는다.
여기 표고 2700m의 갈림길 숲속에
사유리 옷을 갈아입는 소리,
사르르 조릿대에 바람이 인다.

※ **갈림길** : 일본 북알프스에 있는 높이 2860m의 산 스고로쿠다케
[双六岳]로 오르는 등산로.

※ **사유리**[무百合] : 옛날 일본 도야마(富山)의 성주였던 삿사 나리
마사(佐佐成政)의 애첩(愛妾). 삿사가(-家)의 가신(家臣)과 정
(情)을 통했다는 뜬소문으로 인하여 처벌되었을 때, 그녀는 죽기
전에 "당신을 원망하며 말씀드립니다. 당신은 3년 후, 타치산에 검
은나리꽃이 피었을 때 삿사가는 멸망하게 될 것입니다."라고 말했
는데, 3년 후에 그녀의 유언(遺言)대로 검은나리꽃이 피자, 삿사
가가 멸망했다는 이야기가 전한다.

아미하리 선녀

생기로운 아침이 가득한 산골
고스란히 그대로 살아가는 자연

선녀 바위여
선녀탕 지킴이야

선녀는 어디 갔느냐.
파랑새 소식 없더냐.

저기 바람처럼 내려와
숲속에서 사르르 옷 벗는 소리

벌써 거기 사뿐히
탕 속에 들어앉네요.

눈이 밝은 선녀바위
귀도 밝은 지킴이다.

저 멀리 하늘다리 끝자락에
어쩌나, 망설이는 선녀 아닌가?
(2004. 6.)

※ 아미하리[網張] 선녀탕(仙女湯) : 일본 도호쿠(東北) 오우(羽)
   산맥 북부의 높이 2038m인 이와테산[岩手山]에 있는 백색 온천
   탕(溫泉湯).

하얀골, 선의 집

산과 산은
푸른 하늘 아래
자기주장을 하면서도
잘도 어우러진다.

물 따라 구름 흐르듯
세월도 쉬어가는
하얀골, 선(仙)의 집
예스런 이름 그대로다.

※ 하얀골 : 일본 가고시마 현[鹿兒島縣]의 야쿠시마[屋久島]에 있는
    골짜기. 이곳에 원시자연림이 있어 세계유산으로 지정되어 있다.

승문삼나무

야쿠시마의 선노인(仙老人)
7천2백년 묵은 승문삼(繩文杉)나무
그 생명의 숨소리를 들으려 해도
당신은 아무 말이 없고,
사람들은 오늘도 저녁놀을 바라보며
눈물만 글썽글썽 그저 아름답다 하네.
(2003. 6.)

- 시집 『풀잎의 노래』에는 「야쿠시마의 신선」으로 수록되어 있다. -

※ 야쿠시마[屋久島] : 일본의 가고시마 현[鹿兒島縣]에 속하는 섬.
   원시자연림이 있어서 세계유산으로 지정되었다.

밤늦은 고우야산

오늘의 삶은 무상(無常)이며,
죽음은 내세에의 여행길이라 말한다.
그러나
자연스런 헤어짐은
언제나 어디서나 서로 반길 수 있는
마음의 만남이기도 하다.
(1997. 8.)

※ 고우야산[高野山] : 일본의 와카야마현[和歌山県] 동북부에 있는
   해발고도 1000m의 산.

바쇼의 옛길 따라

산마루엔 희망이 솟고
허릿길에는 즐거움이 감돈다.
그리고 한가로운 산기슭
시냇물은 옛노래 흥얼거리며
굽이굽이 흘러내리는데……
그러고 이리하여,
옛님네 발자취를 더듬어
또다시 길을 떠난다.
해도 달도 세월도
모두가 길손인 것을
하물며 너와 나의 길인들
어찌 서로 다르랴.
(2004. 9.)

※ 바쇼 : 일본 에도시대[江戶時代] 전기의 하이쿠[俳句] 시인(詩人)
　　이자, 여행 작가인 마쓰오 바쇼(松尾芭蕉, 1644~1694)를 일컫는
　　데, 그는 훌륭한 여행기를 많이 남겼다.

다루마에의 속셈

숨 가쁘게 올라선
다루마에의 정수리
불안하다 생각하면
더욱 흔들리는 마음

거센 바람 안개 속에
인심을 헤아리는 화산.

그 마음의 저울대가
평형을 잃고 뒤틀리는 날,
불의 산은 또다시
울분의 피를 토하리라.

※　다루마에 : 일본의 홋카이도[北海道] 남서부의 도시 삿포로[札
幌]에 있는 활화산(活火山) 다루에야마[樽前山]를 일컫는다.

꿈의 출렁다리

출렁다리는 요람이다.
할머니의 무릎에서
흔들흔들 꿈을 꾸던
가마득한 그리움이다.

출렁다리는 꿈이다.
세상의 이것저것
심심찮게 찾아다니건만
아직도 흔들흔들 꿈속이다.
(2003. 6.)

※ 꿈의 출렁다리 : 일본 남알프스의 스마다쿄[寸又峽] 협곡을 가로
   지른 '꿈의 조교(弔橋)'를 일컫는다.

망아지 아닌 망아지

중앙알프스 고마가다케는
빗나간 망아지가 아니다.
번거로운 세상 풍설 잠시 접어두고
자연의 참뜻 되새겨 보려는
우리네의 망아지(忘我地)다.
(2008. 7.)

※ 고마가다케[駒岳] : 일본의 중앙알프스에 있는 높이 2138m의 최
　　고봉. "빗나간 망아지"라는 속명(俗名)을 가지고 있다.

〈중국 편〉

꿈속 같은 옥산

꿈속에서 태어나
꿈길로 돌아간
꿈길 아가씨

사나운 맨발 길에
헛디딘 낭떠러지

쏟아진 비눈물
천둥소리 통곡에도

넌지시 웃음 짓는
티 없는 석남화
(1988. 8.)

- 시집 『풀잎의 노래』에는 「꿈길이」로 수록되어 있다. -

※ 꿈길[夢路] : 대만(臺灣) 있는 높이 3952m의 옥산(玉山)을 일컫
  는다.

구향 맹어

어두운 굴속에서
고스란히 빛을 잃은
구향의 눈먼 물고기
구향 맹어

어지러운 세상살이
귀 막고, 눈을 가려
한사코 찾아든
보기 드문 선비여.

금테 두른 등허리
자르르 흐르는
마음의 불빛이
고와도 보이네요.

※ 구향 맹어(九鄕盲魚) : 중국 운귀고원(雲貴高原)의 남서부에 있는
　　운남성(雲南省) 구향동굴(九鄕洞窟)에 사는 눈먼 물고기.

땅 속에는 구향동

정성 모은 민예품
울긋불긋 차려 놓고
손님 기색 살피는
사니족 아가씨들

날씬한 몸매에
상냥한 그 말씨
까만 눈망울이
더욱 빛나 보인다.
(1993. 4.)

※ **구향동**(九鄕洞) : 중국 운남성(雲南省) 중동부에 있는 곤명시(昆
明市)에서 동남쪽으로 90km 떨어져 있는 동네.
※ **사니족**[撒尼族] : 중국의 소수민족(少數民族) 중의 한 민족.

호도협을 지나면서

옆바람을 타면
옆으로 밀려가고
똑바로 가자니
걸림돌이 많아
이도저도 못하여
주저앉은 너는
분명 예로부터
호랑이뜀바위이다.
(2001. 5.)

– 시집 『풀잎의 노래』에는 「호랑이 뜀바위」로 수록되어 있다.–

※ 호도협(虎跳峽) : 중국 운남성(雲南省)의 높이 5000m 옥룡설산
   (玉龍雪山)과 합파설산(哈巴雪山) 사이의 협곡.

가을의 문턱에서

공림(孔林)은
대대로 이어내린 무덤 터
예스러운 숲
높다란 가지 끝에
뉘엿뉘엿 마지막 햇살이
『논어(論語)』를 외우다.

여기, 태산은 해발 1545m
어쩌다 이토록 민머리가 되었나.
멧새도 다람쥐도 솔바람 따라
꽃잎이 맴도는 시냇물 찾아
산앵두 붉게 여문
조양동(朝陽洞)으로 모여든다.

달마동(達摩洞) 깊은 골에
도를 닦아 아홉 해라.
바위벽 마주하여
마음 비운 달마스님.

※ 공림(孔林) : 중국의 성인(聖人) 공자(孔子)와 그의 가족들의 묘
　지.
※ 태산(泰山) : 중국 산동성(山東省) 태안(泰安) 북쪽에 있는 태안
　산맥의 높이 1545m 주봉(主峰).
※ 달마(達摩)스님 : 중국남북조 시대의 선승(禪僧).

용문석굴

이름난 용문석굴
쓸고 간 문화 바람에
민망스레 더덕진 상처

향기로운 향산 기슭
깊이 잠든 백거이(白居易)는
아무 말이 없고

아직도 겁먹은 샛노란 강물
대삿갓 눌러 쓴 저 사나이
해 저문 낚싯대 끝에 바람이 차다.
(1997. 9.)

※ 용문석굴(龍門石窟) : 중국 하남성(河南省) 북서부에 있는 도시
   낙양(洛陽)에 있는 동굴.
※ 백거이(白居易, 772~846) : 중국 당(唐)나라 때의 시인.

노군산의 봄

순하디 순한 양 떼
그저 얻어진 만큼 먹고
하자는 대로 따랐을 뿐.
양치기 막대기는
이미 낡은 법전이라.
진달래도 벙시레 웃는다.

※ 노군산(老君山) : 중국의 하남성(河南省) 낙양시(洛陽市)에 위치
　해 있는 높이 2400m의 산.

아득한 노군산

대지팡이 부여안고
나란히 앉은 두 도사(道士)

비운 마음 속
가득한 하늘과 땅

말은 없어도
한결같은 눈빛이다.

대지팡이 앞장세운
자연에의 길

진정 멀리도 찾아온
아득한 노군산이다.
(2002. 4.)

※ 노군산(老君山) : 중국 하남성(河南省) 낙양시(洛陽市)에 있는 도
　　교(道敎) 문화구로 지정된 국가보호지역.

신농가의 노군산

노군산 멀리 해는 지는가.
향기도 빛깔도 만져보지 못한
어렴풋한 안개 속의 그 꽃,
마음의 오아시스로 새겨 안고
이만 물러가렵니다.
꿩 쫓던 노루
나무 끝만 쳐다봐도
까닭 없이 그저 흐뭇하네요.

※ 신농가(神農架) : 중국 호북성(湖北省) 서북부에 위치하는 국가지
정 자연보호구 신농가림구(神農架林區)로서 "세계도원경(世界桃源
境)"으로도 불린다.
※ 노군산(老君山) : 중국 하남성(河南省) 낙양시(洛陽市)에 위치해
있는 높이 2400m의 산.

신농가 가는 길

백리 산속
바위굴이 하나.
선인골 홀로살이
무슨 재민가요.
모르면 그대로
웃고나 지나가소.

– 시집 『풀잎의 노래』에는 「세계 도원경」으로 수록되어 있다. –

※ 신농가(神農架) : 중국 호북성(湖北省) 서북부에 위치하는 국가지
정 자연보호구 신농가림구(神農架林區)로서 "세계도원경(世界桃源
境)"으로도 불린다.

신농정으로

주인 잃은 동굴 앞에
복사나무 한 그루

꽃다운 지난 세월
예스런 그 몸매

돌아오지 않을 님을
기다리는 선도(仙桃)인가.

시원한 솔바람에
스르르 눈이 감긴다.
(2002. 10.)

※ 신농정(神農頂) : 중국 호북성(湖北省) 서쪽에 펼쳐져 있는 높이
　　3105m의 국가급 산림자연보호구역.

서복이 바위섬

저기, 스러진 전설 속에
마음 끄는 바위섬 하나.
그 옛날
진시황의 없는 불로초
있지도 않은 신선복숭아
한사코 찾아 나선 서복이.
어명이 그리도 두려워서
그만 바다 속 깊이 굳어버렸나.
부질없는 욕심 버리라 하라.
되풀이하는 물결,
저 허연 이빨이
연거푸 입술을 깨문다.
(2003. 9.)

※ 서복(徐福) : 중국 진(秦『나라 때의 방사(方士)로서 진시황(秦始
皇)의 명을 받들어 불로초(不老草)를 찾아 선남선녀 3천 명을 데
리고 동쪽으로 떠났다가 돌아오지 않았다고 전한다.
※ 서복이 바위섬 : 중국 산동성(山東省) 청도(靑島) 부근의 서복도
(徐福島)를 일컫는다.

제운산 여인

바람처럼 나타나서
물 흐르듯 가버린
제운산 여인, 주풍선(朱風仙)
말없이 따라다니던 너는
도우미도 지킴이도 아닌
타고난 자연의 메신저였나.

그녀는
훈훈한 가정의
선계(仙界)로 돌아가고,

나그네는 뗏목에 몸을 실어
횡강(橫江)을 흘러간다.
(2004. 10.)

※ 제운산(齊雲山) : 중국 안휘성(安徽省) 황산시(黃山市)에서
33km 떨어져 있는 곳에 있는 산으로, 예로부터 강서(江西)의 용
호산(龍虎山), 호북(湖北)의 무당산(武當山), 사천(四川)의 작명
산(雀鳴山)과 더불어 도교(道敎) 4대 성지의 하나로 알려져 있다.

무당산의 저녁노을

피고 지는 노을은
향기 없는 풀꽃이다.
그저 심심풀이
감탄사가 아니다.

자연의 뜻에 따라
세상을 한빛으로 꿈꾸는
눈물겹도록 고운
자기완성의 몸부림이다.
(2002. 6.)

※ 무당산(武當山) : 중국 호북성(湖北省) 십언시(十堰市)에 있는 산
　　으로, 안휘(安徽)의 제운산(齊雲山), 강서(江西)의 용호산(龍虎
　　山), 사천(四川)의 작명산(雀鳴山)과 더불어 도교(道敎) 4대 성
　　지의 하나로 알려져 있다.

옴마니밧메홈의 나라, 티베트

이끼 짙은 돌탑마다
탈초가 휘날리고
비탈진 토굴에도
마리샤는 돌아간다.

타고난 오체투지
대지에 입 맞추며
삶과 자연이 하나 되는
"옴마니밧메홈"의 나라 티베트.
(2003. 8.)

※ 탈초 : 경문(經文)을 새긴 깃발
※ 마리샤 : 경문을 새긴 둥근 통
※ 오체투지(五體投地) : 불교에서 온몸을 땅에 던져 행하는 큰절.
※ 옴마니밧메홈 : 옴마니반메홈. 불교에서 외는 기도의 말

초모랑마시여!

티베트의 여신(女神) 초모랑마시여!
호랑이도 찾아온다는 이곳에서
바로 당신님을 뵈옵나이다.
지레 점쳐 그토록 기다렸나이까.
좀처럼 보이지 않는다는 그 모습
뜻밖이라 더더욱 반갑소.
이젠 두 다리 쭉 뻗고
숨 한번 크게 쉬리다.
꿈같은 이 만남의 순간을
가슴 깊이 새겨 담으리다.

※ 초모랑마시 : 초모룽마. 산스크리트어로 "하늘의 여신(女神)", 또
는 "세계의 정상(頂上)"으로 통하는 해발 8846m의 에베레스트 산
을 일컫는다.

촉나라 옛길

말없이 헤어진
촉나라 옛길
편한 자리 내주고
따로따로 밤을 새운
그 젊은 내외
할 말은 많아도
안으로만 새겨 여미는
마음의 옛길이다.

※ 촉(蜀)나라 옛길 : 촉나라는 중국 삼국시대의 한 나라이며, "촉나
라 옛길"은 섬서성(陝西省)의 서안(西安)에서 사천성(四川省) 성
도(成都)에 이르는 길을 일컫는다.

멱라수를 지나며

강물 따라 흘러 다닌
길고 먼 세월 속에
계절이 따로 없는
뗏목집의 웃음꽃.

※ 멱라수(汨羅水) : 중국 호북성(湖南省)의 성도(省都) 장사(長沙)
　에 위치한 상강(湘江)의 한 지류(支流). 이곳에서 춘추전국시대
　(春秋戰國時代) 초(楚)나라의 문장가 굴원(屈原)이 자살했다.

낙산대불

낙산의 대불님은
무엇이 그리 기쁘신지…

천여 년의 세월이
내려앉은 흔적 하나 없어.

우주를 꿰뚫는 눈이
4m나 길게 갈라졌다.

웃을 듯 다문 입술
볼수록 연꽃잎을 닮았네요.

세상 사연 모아 듣노라
귀는 저리도 7m나 늘어났나.

세상에 그리움이 따로 있나요
뜬구름 바람소리 한결같구려.
(2003. 8.)

※ 낙산대불(樂山大佛) : 중국 사천성(四川省) 낙산(樂山)의 아미산
　　(峨眉山) 자랑에 에 있는 높이 71m, 머리너비 10m, 어깨너비
　　28m의 중국 최대의 석각대불(石刻大佛).

천도호 할매

천섬 굽이굽이
돌아가는 호숫가에
오막살이 집 한 채
세상은 천리나 멀어

바위서리 밭뙈기에
무 배추 살아났나.
살며시 엿보고
돌아서는 저 할매

지레 띄울 사연도
뒤로 미룰 일거리도
모르고 사는 세월 속에
할미새는 어찌 울지도 않나.

수많은 배들이
365일 아무리 쏘다녀도
저 할매의
하루에도 못 미치리.

어지러운 세상살이
한사코 마다하고
겉모습 쓸쓸한 호숫가에
바보스런 한평생

낮이면 밤마다
높은 하늘 더욱 맑아라.
넓은 호수 더욱 푸르러라
손 모아 비는 늘푸른 할매.

※ 천도호(千島湖) : 중국 절강성(浙江省) 항주(抗州)에 있는 호수.

삼협수

검고 흐리고 푸르고
빛깔이 서로 다른
황포강과 장강, 그리고 바다.
이들은 스스로를 잊고
자연스레 하나가 되는 물.
이리하여 바다는 언제나
너그러운 가슴에
그토록 속이 깊은가 보다.

※ 삼협수(三挾水) : 중국의 양쯔 강 어귀에 있는 상공업 도시 상해
　　(上海)로 흐르는 황포강(黃浦江)과 장강(長江), 바다의 서로 다른
　　세 물이 만나서 합쳐진 물.

모계사회(母系社會) 노고호

세상에 태어나서
아버지를 모르고,
평생을 함께 누릴
지아비가 없는 나라.

씨가 다르고
살아온 버릇이 달라도
너와 나의 신비로움
우리 서로 한가지다.

이어내린 풍정
시나브로 여위어가도
말이 없는 노고호는
한결같이 살아간다.
(2003. 9.)

※ 노고호[沪沽湖] : 중국 운남성(雲南省)에 있는 호수.

팽산 선녀

마음에 싹이 튼 신선초(神仙草)는
마음에서 자라다
마음에서 시든다.
그리하여
마음을 떠난 그는
또 살아갈 땅을 찾아
마음에서 마음으로 헤맨다.
아무리 두드려도
불이 꺼진 마음에는
들어갈 문이 없다.
아유! 돌아선 순간
멀리서 샛별이 빤짝거린다.
비워진 마음밭에서
신선초는 더욱 향기롭다고.
(2003. 8.)

- 시집 『풀잎의 노래』에는 「마음의 신선초」로 수록되어 있다. -

※ 팽산(彭山) : 중국의 아미산(峨眉山)에서 성도(成都)로 가는 길에
  있는 산.

무이구곡, 뗏목의 노래

성촌(星村) 나루 뱃사공아,
날 저물라 배 띄워라.
구곡계(九曲溪) 아홉 굽이
뗏목 타고 내려가자.

구름바위 신선바위
지레 나와 반기는가.
갱의대(更衣台)에 옷 갈아입고
천주봉(天柱峯) 새로 높았다.

사공아!
자칫 한눈팔라.
삿대질 헛짚을레라.
자애로운 쌍유봉(雙乳峰)은
보면 볼수록 새삼 그리운
어머님의 젖가슴이다.

높다란 낭떠러지
이어진 바위굴은
해양민족 고월족(古越族)의
믿음 높은 저승집이다.
사공아!

강물 따라 흘러간
3천5백 년 세월이란다.

산도 물도 하늘도
한빛으로 푸르렀다.
소나기처럼 쏟아지는
매미 소리, 나비 떼.
도원골 높다라니
노군님 잘 모셔라.

천유봉(天游峯) 오르는
저 수많은 사람들.
울긋불긋 긴 행렬
하늘 끝에 닿았다.
대장봉(大藏峰) 소장봉
노적가리 젖혀놓고
하늘 높이 노니려나.

10km에 펼쳐진
자연의 두루마리.
대왕봉(大王峯) 무이궁(武夷宮)은
내내 잊지 못할
아홉 굽이 지킴이다.

저기 경대(鏡台) 앞에
의젓이 서 있는 저 옥녀봉(玉女峰)
누구도 다칠 수 없는
홀로 삼가 말쑥한 그 모습.

사공아!
물 따라 떠도는 뗏목
이젠 그만 삿대 거두고
강물에 맡기려무나.
(2002. 6.)

※ 무이구곡(武夷九谷) : 중국 복건성(福建省)과 강서성(江西省)의
    경계를 길게 이룬 평균 높이 약 1800m의 무이산맥(武夷山脈) 산
    줄기에 형성된 계곡.

창산 19봉

이 허구리에서 돌아설까?
저 고개까지만 갈까?
이럴까 저럴까
주춤거리는 길목에
고향으로 돌아가자
귀촉도(歸蜀道)가 운다.
돌아가야 한다고
불여귀(不如歸)가 운다.
(2001. 5.)

※ 창산십구봉(蒼山十九峰) : 중국 남부 운남성(雲南省) 대리시(大理
   市)의 서쪽, 히말라야 산줄기로 이어지는 해발 4000m급의 열아홉
   봉우리.

환상의 비경 구채구

비틀 배틀 민산줄기 넘는 길은
천 길 낭떠러지다.
구름도 멀리 비켜가는
해발 2500m 신룡(神龍) 굽이굽이
숨을 죽인 굽은 목엔
풀꽃도 지레 자지러졌다.
자동차도 조심조심
네 발로 엎드려 긴다.

- 수정폭포에서 -

수정폭포는 물줄기 가닥 가닥마다
수많은 선녀들의 행렬이다.
빗살 굵은 얼레빗이다.
수천 줄기의 국수가닥이다.
보일락 말락 얼비치는
귀부인의 구슬발이다.
폭포 줄기 하나하나가
휘날리는 라마교의 타루초다.
(2001. 5.)

※ **구채구**(九寨溝) : 중국의 티베트에 가까운 사천성(四川省)의 성도
  (成都) 북쪽 400km 거리에 있는 오지의 신비로운 지역.
※ **수정폭포**(樹正瀑布) : 사천성으로부터 북쪽 400km 거리의 수정구
  (樹正溝)에 있는 폭 320m의 폭포.
※ **타루초** : 라마교의 깃발

〈아시아 · 호주 편〉

몽골의 별빛

쳐다볼수록 다가오는
저 얼굴들.
겔 안에 모여 내리는
하늘 한 자락
(1996. 9.)

※ 겔(ger) : 몽골의 둥근 천막.

히말라야 맨발 여인

실바람이 이는 물낯에
일렁이는 하얀 봉우리

물새도 가벼이 오르내리는
멀고도 가까운 히말라야

원시의 숲속에 빛나는
맨발 여인의 까만 눈동자.

※ 물낯[水面] : 네팔 제2의 도시인 포카라 남쪽 포카라 계곡에 있는
　　페와 호수를 일컫는다.

윌헬름의 미소

이젠 내려가야지
호주머니 깊이 간직한
자랑스런 선물 시계
꺼냈다 넣었다
다시 만져보는
심부족 사나이
공손히 웃는 얼굴에
미소 짓는 윌헬름
(1997. 8.)

※ 윌헬름(Mount Wilhelm) : 파푸아뉴기니의 높이 4509m의 최고봉.
※ 심부족(-族) : 파푸아뉴기니의 원주민.

뚠여 마을

높은 산, 푸른 숲속
거짓말을 모르는
순박한 뚠여 마을은
결코 바보가 아니다.
(1992. 3.)

※ 뚠여 마을 : 태국 치앙마이 북쪽의 야사고저 산자락에 있는 마을.

모리시어스의 강아지

젖통이 까맣다고
젖줄조차 검으랴.
얼굴빛 탓하지 않고
잘도 자란 강아지.

※ 모리시어스 : 인도양에 있는 섬나라 모리시어스 공화국.

정글 소년

바탐의 미니아마존 정글
버들피리 꺾어 불 시절도 없이
구름은 강물 따라 흐르나 보다.

눈 익은 나뭇잎에 쌓여
저승으로 떠난 조상들의 땅
소년은 오늘도 조심조심
신발을 벗고 걸어 다닌다.

※ 바탐 : 인도네시아에 있는 아름다움 섬.

야자의 꿈

열매를 받아들고
요리조리 만져보는
남태평양의 바닷가.
넌 언제부터
떠돌이가 되었나.
여기저기 야자수는 무성해도
이젠 돌아갈 길 없는
가깝고도 먼 고향 꿈.

※ **남태평양의 바닷가** : 말레이시아 코타키나발루 사피 섬의 바닷가
　 를 일컫는다.

세 자매봉

여보게,
밧줄 타는 사람들
조심조심하게나.
푸른 산, 깊은 골에
전설 낳은 세 자매
행여나 마왕인가
가슴 지레 조일라.
(1992. 7.)

※ 세 자매봉(姉妹峰) : 오스트레일리아 블루 마운틴(blue mountain)
  에 속한 세 봉우리. 블루 마운틴은 오스트레일리아 국립공원으로
  지정되어 있다.

판시판의 밤

그저 자연밖에 없는
한밤의 쉼터에
안개비가 내린다.
그런데
따스한 가슴은
어찌 이리 포근한지.

※ 판시판 : 베트남에 있는 높이 3143m의 최고봉.

까마득한 옛날

사공아,
돛 올리려냐, 노 저으려냐.
이도저도 말고
강물 따라 흘러가자꾸나.

스쳐가고 다가오는
이끼 짙은 자연 속에
눈도 귀도 마음도
까마득한 옛날이다.
(2005. 8.)

※ 강물 : 러시아 동쪽의 캄차카 반도로 흐르는 비스트라야 강을 일
　　컫는다.

그 날이 언제런가

천지가 뒤끓던 날
피를 토하며 몸부림치며
부르짖던 그 한마디
나는 사라지지 않는다.

이 상처 아물고
마음을 가다듬는 날
보다 아름다운 모습으로
그대들을 맞이하리라.

그 날이 언제런가.
기나긴 세월 속에
아직도 허연 입김 내뿜으며
침묵을 지키는 멧부리들

※ 멧부리들 : 러시아 동쪽의 캄차카 반도에 있는 아비친스키 화산
  (火山)을 비롯한 그 근처의 산들을 일컫는다.

바이칼의 눈동자

1. 8월

8월
머지않아 눈바람이 설친다는
허허로운 벌판
시베리아로 길을 나선다.

러시아의 미래가
크게 숨 쉬는 곳
누가 말했나,
버려진 땅이라고

카추샤가 깨쳐난
「부활」의 고장
무르익은 자연이
눈앞에 어른거린다.

「죄와 벌」이
말끔히 가신 터전
그저 까마득한
우리네 뿌리터란다.

3. 끝없는 벌판

필요에 따른 탈바꿈일랑
흐르는 세월에 맡기고
소떼도 지키는 질서
허허로운 벌판이다.

7. 그럼 바이칼이여!

바이칼이여!
그토록 파랗게 빛난
시베리아의 진주
바이칼의 눈동자여
설레는 이 가슴
스스럼없이 노래하리다.

바이칼이여!
어찌 그리 수줍어하나
이별 아쉬운 물낯에
입맞춤한 입김인 양
허옇게 번지는
비단결 장막이다.

바이칼이여!
그 둘레길 총 1920km
못다 밟은 아쉬움일랑
그리운 추억으로
길이 깊이 간직하리라.
그럼, 바이칼이여!
(2009년 8월의 수필 「바이칼의 눈동자」 중에서)

※ 바이칼 : 바이칼 호[−湖, Ozero Baykal]. 러시아의 시베리아 남
　　쪽에 있는 호수.
※ 카추샤 : 러시아의 작가 L. N. 톨스토이의 장편소설 「부활(復活)」
　　에 나오는 여주인공.
※ 죄와 벌 : 러시아의 작가 F. M. 도스토예프스키의 장편소설 제목.

아침의 서곡

- 후지르의 아침 -

닭이 목청을 가다듬어
제시간을 알리면,
문지기 멍멍이가
꼬리치며 앞장선 아침이다.

어미 찾는 송아지 울음소리가
유달리 애잔하게 다가오는 아침이다.

눈부신 첫 빛을 안고
노랗게 하품하는 호박꽃을
하늬바람이 시원스레 스쳐가는
후지르의 아침이다.

애쓴 땀방울이 짤끔대는 꽃밭이다.
나비도 하늘하늘 춤추는 아침이다.
(2009년 8월의 수필 「바이칼의 눈동자」 중에서)

※ 후지르 : 러시아의 바이칼 호수에서 가장 큰 알혼 섬의 한 마을.

백야의 꽃, 이르쿠츠크

양심의 주춧돌로 이룩한
젊은 삶의 간절한 터전
사랑과 피땀으로 다져진
그들의 고향 이르쿠츠크

가로등보다 미더운 가로수가
생명을 불어넣는 자연의 땅
어둑새벽의 하늘에는
구름 한 조각 없다

그 누구도 다치지 못할
격조 높은 백야(白夜)의 꽃이다.
(2009. 8.)

※ 이르쿠츠크(Irkutsk) : 러시아 이르쿠츠크주(州)의 주도(州都). 중
　앙시베리아의 중심도시로서 이곳에 천여 명의 동포가 살고 있다.

추좀골의 아침저녁

시나브로 열리는
추좀골 하늘에
뜬구름이 한 조각
무엇이 그리워서
뭉게뭉게 허연 가슴
그토록 부풀어 오르는가.

오늘날 지구촌은
알다가도 모를 어지럼 속에
해가 지고 달이 뜨는데
그대는 어찌하여
히말라야 외진 산골만을
기웃거리는 거냐.

방향을 잃고 허둥대는
바람 또 바람…
새삼스레 느껴온
자연의 질서 속에
기약 없이 떠도는
너와 나의 나그넷길이다.

언제나 어디서나

없는 듯 피고 지는
이름 없는 풀꽃들
변함없는 그 사랑은
자연이 띄워 보낸
계절의 메시지다.

(2006. 6.)

※ **추좀골** : 부탄 왕국의 히말라야산맥에서 녹은 눈[雪]의 물이 합쳐
지는 골짜기를 일컫는다.

도출라 고개

도출라는 남북으로 헤어진
한숨의 고개가 아니다.

멀리 가까이
뜻을 모아 찾아드는
사랑의 그리움이다.

정감 어린 대자연에서
옛님네의 맥박을 짚어
그 호흡을 느껴 듣는다.

도출라, 그대는 아는가.
아직도 까다롭고 가파른
한 많은 38고개를…

도출라, 그대는 모르는가.
멍든 가슴 비집고 다가선
아리랑 고개를…
(2006. 6.)

※ **도출라** : 부탄 왕국에 있는 해발 3150m의 고개.

샹그릴라

거북이는 길게 목을 늘여
포타라를 지켜보고
포타라의 전경통은
거북이의 영생을 빌며 돈다.

- **구름의 남쪽** -

흰 구름
두둥실 떠도는 남쪽
세월도 깜박 숨진
샹그릴라의 나라.
꿈 아닌 운남(雲南) 땅에
옛 향기가 그윽하다.
(2001. 5.)

※ **샹그릴라**[香格里拉] : 티베트어로는 "푸른 달빛의 골짜기"라는 뜻
　　의 '샹바라[香巴拉]'라고 하며, 신비롭고 아름다운 산골짜기 또는
　　그런 장소를 비유적으로 가리킨다. "샹그릴라"는 영국의 소설가 J.
　　힐턴의 소설 「잃어버린 지평선」을 통하여 세상에 알려지기 시작한
　　후, 지금까지 '유토피아', '무릉도원' 등과 같은 맥락의 "낙원"을 상
　　기시키는 이상향의 상징어가 되었다.

※ **포타라**(布達拉) : 티베트의 포탈라궁[布達拉宮]을 일컫는다.

※ **전경통**(轉經桶) : 불경(佛經)이 들어 있는 둥그런 통, 티베트 사
　　람들은 이것을 돌리는 것이 불경을 외우는 것이라 여긴다.

※ **운남**(雲南) : 중국 남부의 성(省). 이곳에 중국의 56 소수민족 중
　　의 26 민족이 모여 산다.

키나발루 소식

호르르 호르, 호르르 호르
키나발루는
평화를 사랑하는 넋들의 영원한 쉼터.
호르르 호르
호르르
호르
(1991. 1.)

※ "호르르 호르"는 휘파람새의 울음소리이다.
※ 키나발루(Kinabalu) : 말레이시아 보루네오 섬의 사바 주(州)에
  있는 해발고도 4,101m의 산.

두멧골 다섯 마당

사르나트의 녹야원에서는
사슴이 먼저 나와 맞이하더니,
여기. 뭄바이에서 뱃길로 9km
코끼리 대신에 원숭이가
마중 나온 엘레판타 섬.
산기슭의 석굴 사원은
파괴 창조 도맡은 시바의 세계라
한 몸에 남성 여성 두루 지닌
매혹적인 섭새김이다.
산 위의 녹 슬은 포대는
옛날을 지키던 파수병인가.
(1998. 8.)

※ 사르나트(Sarnath) : 불교의 성지. 석가가 깨달음을 얻은 후에 처
  음으로 설법을 편 곳으로, 우리나라에서는 "녹야원(鹿野苑)"으로
  번역된다. 인도 북부 우타르프라데시 주 남동부에 있는 바라나시
  북방 약 7㎞에 위치해 있다.
※ 시바(śiva) : 힌두교 파괴의 신. 불교에 수용된 뒤에는 대천세계
  (大千世界)를 주신(主神)한다는 뜻에 "대자재천(大自在天)"이라고
  도 한다.

하마디 소년

열매를 받아들고
요리조리 만져 보는
남태평양의 바닷가.
넌, 언제부터
떠돌이가 되었나.
여기저기 야자수는 무성해도
이젠 돌아갈 길 없는
가깝고도 먼 고향 꿈.
(1991. 1.)

※ 하마디 소년 : 말레이시아 코타키나발루 근처의 사피 섬에서 만난
  소년.

다뉴브 추억

혼자 앉아서 무슨 재미냐고?
재미는 무슨 재미
아무 것도 아니야.
그토록 그리던 님이
그 '이삭 줍는 여인'이
다뉴브 강물 따라
어둠 속 멀리 가시네요.
밝은 날 보아 또 오시겠지.

※ 다뉴브 강(-江, Danube) : 독일 남부에서 발원(發源)하여 헝가리
  의 부다페스트를 거쳐 루마니아 동쪽 해안을 통해 흑해로 흘러가
  는 강물.

프라하의 봄(1)

겨울이 물러간
프라하의 봄이여

유채꽃 개나리꽃
노랗게 어우러져

한사코 성 밖까지
마중 나왔나.
(2005. 4.)

※ 프라하(Praha) : 체코의 수도(首都).

프라하의 봄(2)

“프라하의 봄”
이 얼마나 간절한 소망이더냐.
듣기만 해도 가슴 설레는
너와 나 우리 모두의 봄이다.

“프라하의 봄”
되풀이되던 겨울과 겨울
피나는 한밤의 꿈속에서도
꼬옥 껴안은 그 이름이다.

그대, 츠쿠슈피체여!

츠쿠슈피체여,
그대 고향은 바이에른 알프스
나라는 독일이라지.

언젠가는 만나리라
입버릇처럼 다짐했건만
막상 마주대하니
할 말을 잊었구려.

츠쿠슈피체여,
그대의 별명은 "악령의 산"
해발 2964미터의 정상에
누굴 지키려는 십자가야.

그 옛날
오르다 못해 산산이 부셔진
넋과 넋의 하얀 벌판
저토록 활기찬 스키어들의 세상인데

그대는 아는가.
그저 바라보며 설레며
어설프게 들먹거리는

이 마음, 이 몸짓을

그리고 저 아래 숲속엔
매혹적인 아이브 호수
그 파란 눈망울은
누구의 사랑이더냐.
(2005. 4.)

※ **츠쿠슈피체**(Zugspitze) : 독일 알프스의 높이 2962m의 최고봉.
※ **아이브제 호수**(-湖水, eibsee) : 독일 바이에른 주(州) 츠쿠슈피
　　체 산 아래에 있는 호수.

할슈타트 해골의 집

지구는 둥글다.
해도 달도 바가지도
동글동글 마찬가지다.

오늘도 해바라기는
둥근 얼굴 해를 따라
저절로 돌아간다.
(2005. 4.)

※ 할슈타트(Hallstatt) : 오스트리아 잘츠카머구트 지방의 작은 도시.
이곳에 유네스코 세계문화유산으로 등재된 <해골의 집>이 있고,
여기에는 12세기 무렵부터 전시된 1200여 점의 두개골이 소장되
어 있다.

검은 대륙

유유히 흐르는
원의 세월 속에
또 하루가 저물거린다.
가도 가도 끝이 없는
검은 대륙, 야생의 사바나
킹카 한 자락
어깨에 걸쳐 감고
긴 막대 거느리며
엉금엉금 걸어가는
마사이 나그네
구릿빛 살갗에
틀 잡힌 저 얼굴
어색한 신발보다
맨발이 더 어울려

― 시집 「풀잎의 노래」에는 「마사이 나그네」로 수록되어 있다. ―

※ 킹카 : 아프리카 마사이 원주민의 옷.

〈아메리카 편〉

거꾸로 오르는 위트니

우물물 물낯에
잔잔히 드리운
위트니의 만년설
위에서 내려다보며
거꾸로 올라간다.
(1994. 6.)

※ 위트니 : 마운트 위트니(Mount Whitney). 미국 캘리포니아 주
  (州)에 있는 높이 4147m의 최고봉.

시에라 마드레 산

저 바윗돌은
홀로 설 수가 없어
누군가 일으켜주기를
기다리는 것일까.

어디로 가나 세상살이
나름대로 맘먹기라
그대로 제자리에
눌러앉은 것일까.

머나먼 옛날에
산과 함께 태어난 고향
귀에 익은 바람결에
사투리가 그리운 것이다.

그럼,
의젓한 그 자세
귀한 자리 그대로
억겁을 누리시라.

※ 시에라 마드레(Sierra Madre) : 미국의 서부와 멕시코 사이의 산
  맥. 미국의 시에라 네바다 산맥을 이어, 멕시코 서쪽의 시에라 마
  드레 옥시덴탈, 동쪽의 시에라 마드레 오리엔탈, 남쪽의 시에라 마
  드레 델 수르 등 세 개의 커다란 산줄기로 이루어져 있다.

북극 마을 배로

여기 배로는
얼음과 곰, 그리고
에스키모의 나라다.
오로라의 세계다.

내내 그리워서
한사코 찾아왔다
서운하게 떠나야 하는
원시의 땅 끝이다.
(1994. 9.)

※ 배로(Barrow) : 미국 알래스카 주(州)의 최북단 도시.

제5장
다시 부르는 노래

풀잎의 노래

두고두고 잊지 못해
헤어지기 아쉬워서
여기 한자리에 모여
지난 노래 다시 부른다.

흐르는 세월 속에
마음결 무디어 가도
노래는 반가워
그저 그리워

내 가난한
수필집에 모여 살던
달팽이의 잠꼬대
『풀잎의 노래』다.

봄비

재 넘어 물 긷긴
숨이 가빠서…

달찬 아내가
걱정한 저녁

소곤소곤 창 밖에
엿들으시나요.
(1956. 2. 21.)

파도

어데서 밀려 왔냐.
오붓한 진주떨기
구집은 머리채
푸른 강물에 감고
고요한 마음 울린
나의 사랑아
천년 꿈은 그대로
숲속에 설고
황혼에 잠든 넋이
다칠까봐 두려워
강둑 끝 감도는
나룻배 저물어라

(1950. 7. 23. 『광고 타임스』 제8집, 「6·25 피난기(避難記)」 중에
　서.)

닭이 운다

닭이 운다.
먼 조상들의 유언을
되새겨 들으라 한다.

하늘이 열리는 그날로부터
마을마다 피어난 덕성
다 버리고도 신라는 천년
꽃과 별은 저마다 위치에서
지새울 줄 몰랐었다.

언제부턴가 백성들은
항상 사나운 꿈속에서
새벽을 일깨워
사직을 지켰나니
찢기고 헐벗은 팔도일망정
그래도
임종을 모르는 영혼의 땅.

닭이 운다.
이젠 덤덤한 시간도
구겨진 일과표도
영 탈피해버린 지점에서

닭이 운다.
홰를 치며
또 하루를 피나게 뽑아낸다.
(1957. 2. 20.)

4·19 기념탑 앞에서

보시라
모든 생명이 머리를 치켜들고
약동하는 봄이다.

되살아난 기쁨
부풀어 오른 대지 위에
저 높고 맑은 창공에
이상의 날개가 깃을 친다.

사월이다.
우리의 가슴은
터질 듯 미어질 듯
심장의 고동은 마구 둥둥 북을 울린다.
그리고 머리 위에서는
4월의 푸른 하늘이 빛난다.

보시라.
우리 천삼백이 쌓아올린
4월의 기념탑 앞에
저절로 힘이 솟는다.

1970년에 부치는 노래

저 산과 들을 보라.
넘실거리는 물줄기를 보아라.
반만 년을 엮어 내려온
어머니의 땅, 조국 삼천리

여기에는,
조상들의 애환이 서리고
얼이 깃들고
이상이 뻗어 내린다.

어디로 가나 노래
어디를 가나 웃음
남치마 열두 폭에
너울거린 하늘은
그저 푸르기만 하고……

오곡이 무르익은 들길에서
호박꽃 피는 뒤안길에서
착하고 고운 마음은
정성으로 오고 가고,
소박한 노래는 오히려
다정하기만 하다.

남북으로 갈린 땅
비록 오고 가지 못하여도,
밤은 얼마나 가리
그 얼마나 가리.
그리운 강산
미치도록 보고 싶은 그 얼굴들.
비둘기야 모여라.
참새들도 모여라.
노루, 토끼 다 모여라.
바둑이 너도 오너라.
우리 모두 한자리에 모여
찬란한 세기의 새 아침을 노래하자.

오!
부풀어 오른 가슴이여
번져 나온 첫 빛이여
빛나는 새 아침이여
영광과 감격의 순간이여
장엄하게 열리는 70년대여!

이제는
괴로움도 슬픔도 멀리 가거라.
사나운 꿈도 멀리 가거라.
질투는 너를 욕되게 하고
멸시는 나를 욕되게 하고
허욕은 우리를 욕되게 하였나니,
미움은 미움으로 가고

사랑은 사랑으로 오고
믿음은 믿음으로 갚고
사나움은 사나움으로 찢기고.

이젠 진정,
근심도 걱정도 물러가거라.
가뭄도 홍수도 질병도 굶주림도
먼 전설의 바다로 영원히 사라져라.
게으름에서 벗어나와
고집을 버리고
욕설을 뿌리 뽑고
모든 악의 씨를 불사르고
그리고 가면을 벗어,
우렁찬 세기의 행진에
둥둥 북을 울리며,
애써 땀 흘린 보람이나마
여기, 서로 나누어 보자.

보라!
산에서 들에서 바다에서
아니, 학원에서 공장에서
터져 나오는 우리의 힘을.
그리고
속 시원하게 내닫는 고속도로
번영에의 핏줄을……

이제는 우리도 살아보자.
한번 잘 살아보자.

다시는 속지 말고
다시는 굽히지 말고
다시는 짓밟히지 말고
다시는 빼앗기지 말고
다시는 갈라지지 말고
활개 치며 살아보자.
남들처럼 살아보자.

너를 지키고 나를 세우고
나를 지키고 너를 세우고
그리하여,
겨레의 설자리를 굳히고
나라의 갈 길을 밝히고,
슬기로 개척한 새로운 삶 위에
이념은 행동으로 땀 흘리며,
염원은 통일로 여물어가는
1970년대.

평화의 씨를 뿌리고
번영의 꽃을 가꾸며
인류의 슬기를 모아
우주로 향하는 오늘,
수확의 계절 앞에서
도약의 발판 위에서
번영의 광장에서
역사의 증언대에서
미래는 우리와 함께 노래하며 춤춘다.

오!
부풀어 오른 가슴이여
번져 빛나는 첫 빛이여
빛나는 새 아침이여
영광과 감격의 순간이여
장엄하게 열리는 70년대여!
(1970년 6월 8일, 시동인지(詩同人誌)『청탑(靑塔)』제1집 중에서)

그렇기에 산은

물은 앞을 다투지 않는다.
바위는 서로 흘겨보지 않는다.
꽃도 나무도
노루, 토끼, 멧새도
투덜댈 줄 모른다.
그렇기에 산은
깊은 가슴 활짝 열고
영겁을 살아간다.

소리가 들린다

이른 새벽
방바닥에 귀를 기울이면
시름시름 돌아가는 지구
숨 가쁜 소리가 들린다.

찌르르 찌르르 지렁이가 운다.
구부러진 호미 끝
매정한 쇠스랑발.
찍히고 동강나도
마디마디 되살아나는
불사조의 넋이다.

가냘픈 낙엽이
천지를 뒤흔드는 소리
앙상한 가지마다
움트는 소리, 소리가 들린다.

응애응애 응애응애—
저는 벙어리 아니어요.
우렁찬 출생신고다.

가을은 가다

가신다기에 듣다못해
이대로 나왔습니다.

싸늘한 뒤안길에
한숨은 그리도 휘늘어져야 합니까.
갈잎파리 한 자루 보내옵나니,
가신 님 무덤가에
밤새워 불어드리옵소서.

낡은 옷자락 정 서운하시면
으슥한 돌 틈에 벗어두셨다
바람 따라 고개 넘어
또 오시구려.
낮이면 밤마다 엿봐드리오리다.

가신다기에 보다 못해
이대로 나왔습니다.

살고 싶소

살고 싶소.
이글거리는 저 해를 안고라도
뜨겁게 살고 싶소.

깊은 호수를 마시고라도
맑게 살고 싶소.

개미 허리에 매달려서라도
부지런히 살고 싶소.
바람과 물이 서로 만나듯
이물 없이 살고 싶소.

그리하여
소걸음 걸음 자국마다
땀방울 흥건히 배드는 날,
당신은 어느 산마루에서
휘파람을 날리오리다.

바위샘 단풍

세상에 흔한 웃음
두루 다 마다하고,
바위샘 고운 물낯에
홀로 띄운 저 미소.

※ 바위샘 : 강원도 정선군 정선읍 북면과 평창군 진부면 사이에 걸
　　쳐 있는 높이 1560m의 가리왕산(加里旺山)에 있는 샘.

못다 핀 꽃

그대 못다 핀 꽃이여
아무리 찢기고 서러워도
이미 무너진 하늘과 땅은
따로 있다.

※ 못다 핀 꽃 : 강제종군위안부(強制從軍慰安婦)를 일컫는다.

아득한 길머리에서

2천년 세월 속에 배어든
태상노군의 마음밭
나를 떠나서
희로애락을 모르는 갓난애의 얼굴
그 천연스런 모습을 어렴풋이 그리며
아득한 나라 옛 땅을 찾아 나선다.
너무 커서 보이지 않고
이름도 없는 자연의 길이다.

그 자연의 길에 기대어
마음 내키는 대로 떠나는 발길.
이 또한 아득한 길이 아니랴.
(2002. 4.)

— 시집 『풀잎의 노래』에는 「아득한 길」로 수록되어 있다. —

※ 태상노군(太上老君) : 중국 춘추시대 말기의 사상가이자, 도가(道
家)의 시조(始祖)인 이이(李耳)를 일컫는다.

자연은 어찌하여

참됨은 자연의 선물이다
착한 마음은
아름다운 나라의 주인이다.
그것이 그것다운 것
사랑은 영원한 생명이다.
자연은 어찌하여
뒤돌아보지 않고 자꾸
멀리 떠나려 하는가.

오늘날

오늘날
독감에 시달린 세계는
몹시 앓고 있다.

그리하여
시나브로 멍들어가는 지구는
정신없이 헛돌기만 한다.

누구에게나 높고 푸른 하늘
거짓을 모르는 속 깊은 땅
세상만사를 도맡으신 자연이여…

보내는 마음

엷어가는 새벽하늘에
내 사랑하는
작은 것들의 이름을
하나 또 하나
무심히 외어 보다.

지나온 자국마다
달고 쓴 사연 더듬어 보노니
새삼스레 잦아드는 마음
내 가난한 보람이여.

보내고 맞이하는 시절마다
때 묻은 노-트의 연륜
늘어만 가고……

굽이굽이 저어 나르는
나룻배 사공마냥
오고 가면 또 한 해
매양 소식 그립소.
(1970년 6월 8일, 시동인지(詩同人誌) 『청탑(靑塔)』 제1집 중에서)

주름살

어머니의 구릿빛 살결
그 빛나는 주름살은
긴 밭두둑이다.
깊은 논고랑이다.

집안의 그늘진 구김살은
어김없이 다려 펴도
당신의 주름살에는
아랑곳없는 그 주름살.

쓰레기

이 세상에는 없다.
애초에 쓰레기로
태어난 것이라곤
하나도 없다.
그 아무 것도 없다.

울타리

낮닭이
목청을 뽑아 올린 울타리에
사르르 사르 눈이 녹아내린다.

양지바른 울타리
사근사근 할머니의 옛이야기에
살금살금 졸음이 찾아든다.

울타리와 짚신

흐르는 세월 속에
어른거린 그 모습
언제나 다시 만나려나.
그립고 아쉬운 울타리여

끝내는 논밭으로 돌아가
후손 위한 밑거름으로
되살아날 님이여
자연의 메신저 짚신이여.
(2011. 6.)

오월이

난초 한 포기
가슴에 안고
조심조심 찾아온
아가씨여!
그리운 그 눈망울
보드레한 입술
자르르 흐르는 허리자락에
오월의 햇살이 입맞춤한다.

한낮

들국화 향긋한 방죽 가
살포시 내려앉은 하늘
흰구름 한 조각 마시고
트림하는 송아지.

※ 방죽 : 경상남도 거제시에 속한 섬 거제도(巨濟島)의 높이 507m
　　의 삼방산(三芳山)에 내려다 본 거제 포구의 둑.

종이꽃

수도암(修道庵) 잔디밭에
때 아닌 장미꽃
거친 바람 들뜬 세상에
향기마저 잃었구려.
겉모양 고운 맵시는
뿌리 없는 종이꽃

뽀르르 다람쥐야

오늘밤 비박굴은
누가 와서 지키나
솔잎 군불 지피고
노루, 토끼 모여서
정담이나 나누렴.
뽀르르 다람쥐야
행여나 엿듣다가
웃음보 터뜨릴라.

※ 비박굴 : 전라북도 진안군의 높이 1004m의 구봉산(九峰山)에 있
　　는 동굴.

길 잃은 잠자리

으슥한 황악길
이름 모를 무덤가에
산국화가 두어 송이
길 잃은 잠자리가
파르르 떨고 있다.

※ **황악산**(黃岳山) : 경상북도 김천시 대항면과 충청북도 영동군 매
  곡면에 걸쳐있는 높이 1111m의 산. '황학산(黃鶴山)'으로도 표기
  된다.

고향

고향이 어디냐고
물을 적마다
정들면 어디든
고향이라 했건만
어머님 급한 전갈에
깜짝 놀란 내 고향

꽃피는 망월동

1980년 5월 18일
빛골은
어둠골로 접어들었다.

무등산은 생기를 잃고
영산강은 짙누렇게 자지러졌다.

문화의 거리, 역사의 골목마다
민주화의 아우성 속에
젊은 피로 빨갛게 물들었다.

멀쩡한 시민들이
들녘에서 산기슭에서
독 슬은 총칼 앞에
수없이 사라졌다.

"계엄군이 밀려와요!
또 다가와요! 강 건너요!"

마지막 날 새벽,
뛰어다니며 울부짖던
그 다급한 그녀의 목소리가
아직도 귓전에 쟁쟁하다.

물끄러미 달을 보는 망월동
그들만의 저승 마을에도
계절 따라 봄은 찾아온다.
그리고
어김없이 꽃이 핀다.

※ **망월동**(望月洞) : 광주광역시 북구에 속한 한 동리. 1980년 5월
   18~27일에 전개된 광주민주화운동의 희생자들의 유해를 안장한
   [망월동묘역(望月洞墓域)]이 조성되어 있다.
※ 빛골 : 광주광역시

꽃바구니

해마다 보내온
생신(生辰)맞이 꽃바구니
오래오래 계시어
집안 나침반 되시라
손 모아 빈다는 손녀 송다리
꽃바구니에 돋보인 영상이
꽃보다 아름다워…

※ 송다리 : 송한메의 친손녀(親孫女)

꿈(1)

그러다가 언젠가는 다시 만나리라
봄가을 다 보내고 기다리었소.
빙그레 웃으며 다가와서는
서럽도록 타이르며 되돌아서도,
말 한마디 못하고 가슴 조이는
얼크러진 실마리는 나의 사랑이었소.
(1972. 5.)

꿈(2)

언젠가는 말하리라
비는 하늘에
샛별이 어서 오라 눈짓하네요.

오르면 오를수록
까만 눈동자는 높이 빛나고
휘어잡는 옷매가 부끄러워

그저 눈물 글썽글썽
또다시 돌아눕는 그리움이다.
(2009. 2.)

초롱초롱한 눈망울

넌 언제부터
떠돌이가 되었나.
여기저기 야자수는 무성해도
이젠 돌아갈 길 없는
가깝고도 먼 고향 꿈.
(1991. 1.)

지다 남은 조각달

먼동이 터 오르오.
밤을 새워
일러주신 말씀
어찌 잊으오리까.
그 믿음, 그 사랑
되새겨 들어
메마른 가슴마다
꽃이 피오면,
봄은
나직이 노래하고
가을도
드높이 다가서리다.

꽃과 인생

앉으면 모란
일어서면 작약
걸어가는 모습일랑
영락없는 나리꽃이다.
(2000. 9.)

냇물과 꽃나무

냇물은 서로 만나
바다로 모여 들고
꽃 피는 가지마다
노상 뿌리는 하나.

깊은 뿌리

맑은 하늘 아래
바람이 거세다
춤추는 나뭇잎아
그리도 즐거운가.
뿌리 깊은 덕분에
한시름 놓았구려.

까옥골에서

까옥 까옥
까마귀 장송곡에
저녁놀이 어른거린다.

또 누군가
고향길을 떠나나 보다.
천당이면 어떻고
극락인들 어떠랴.
들어가면 내 집인 것을

하지만 뜻대로
이뤄지지 않는 것이
저승에의
초청장이요, 비자다.

인동초의 노래

시냇물은
우리 서로 함께 살자 노래하며
멀리 가까이
바다로 흘러 모인다.

넓은 가슴 활짝 펴고
너나없이
하나 되어
잘도 어우러진다.

풍성한 향연

세상살이 아득한 산골
생명감 넘치는
짙푸른 자연의 향기

풍성한 향연 속에
눈부신 5월의 아침이
어서 오라 반겨 안는다.
(2008. 5.)

새벽달

거, 뉘시오!
이 새벽에…

번거로운 낮일랑
한사코 마다하고

어슴푸레 다가와
살며시 속삭이는 달빛.

주리아의 십자가(十字架)

꿈자리 사나운
지난날의 이야기
되새겨 무엇하리.

둥그런 지구는
하나인 것을…

그러나
피맺힌 역사는
지워지지 않으리.
(2007. 10,)

※ **주리아** : 임지왜란 때 가톨릭 신자인 고니시 유키나카[小西行長]
　　장수가 데려간 조선 귀족의 딸. 이름은 알려지지 않았으나, 가톨릭
　　세례명인 주리아로 알려져 있다.

제6장
그리온 얼굴들

마음의 꽃구름

노을 진 아침저녁이면
그리움은 저만치서
못 잊어 찾아왔노라
얼굴 가득히 웃네.

가실 줄 모르는
마음의 꽃구름이
또 고갯마루에서
어서 오라 손짓하네.

금당도 사람들

만나고 나면 차라리
본 것만 못해……
아무렇게나 내버려진 섬들이
제마다 위치에서 오들오들 떨고 있소.

동백기름 자르르 흐른 머리
삼사월 아가씨들의 꽃노래도
지금은 거짓이래요.
진달래 한 송이 피워낼 구석도 없이
봄은 기다려 무엇 하겠소.

부은 얼굴
메마른 입술
체온은 자꾸만 식어 가는데
김 팔린다는 소식은 없고…

실성 대는 갯바람처럼
다가올 듯 돌아서는 희묽은 눈초리는
시월의 탓도
무딘 기억의 죄도 아니외다.
찢기운 가계부 그대로
쓴웃음 마시며 사는 사람들

안 만나고 나면 차라리
안 본 것만 못해……
그래도 낮이며 밤마다
제각기 우러러보는 하늘이 있데요.
(1957. 1. 4.)

※ **금당도**(金塘島) : 전라남도 완도군 금당면에 속한 섬. 송한메의
　고향이다.

잘 가오 진관재

1.
모질다 세상 바람
알몸으로 받으시며,

빙그레 웃고 돌던
발산 마을 뒷골목에,
곡소리는 웬 일인고
별도 지친 이 한밤.

2.
오, 오! 진관재
우리 벗님 가셨네.
자나 깨나 한평생을
가루가 되도록
잘돼라 비시던
그 음성 그립소.
분향 높은 이 마당에
가신 길이 뵙네다.

3.
무등산 골짜기에
흐르는 물을 멈춰 두고,

뜨고 지는 물거품에

인생살이 점쳤던가.

지는 달 꽃구름 속에
얼비치는 사람아!

　4.
누구나 기약 없이
건너가는 삼도내라.

임께서 부르신다.
그다지도 무정하랴.

가신 길 바쁘다 말고
돌아다나 보소서.

　5.
애달프다 애닯구나.
고개 넘어 물을 건너,

고향길 어디라고
빈손 쥐고 가시는고.

사공아 잘 모시어라
귀한 손 떠나신다.
(1970년 6월 8일, 시동인지(詩同人誌) 『청탑(靑塔)』 제1집 중에서)

※ 진관재 : 송한메의 생전(生前) 친구.

잘 가게나

모질다 세상 바람
알몸으로 받으시며,
빙그레 웃고 돌던
새밝골 뒷골목
곡소리는 웬 일인고
별도 지친 이 한밤.

오호! 호정, 호정
우리 벗님 가셨네.

무등산 깊은 골에
흐르는 물을 멈춰 두고,
뜨고 지는 물거품에
인생살이 점쳤던가.
피어오른 분향(焚香) 속에
가는 길이 환하이.

누구나 기약 없이
건너갈 삼도내라.
임께서 부르신다
그다지도 무정하랴.
가신 길 바쁘다 말고
돌아다나 보소서.

가게나 잘 가게나
고개 넘어 물을 건너,
고향길 어디라고
빈손 쥐고 가시는고.

사공아 잘 모시어라
귀한 손 떠나신다.

※ **호정**(湖亭) : 송한메의 친지(親知) 김수규(金修圭).

그대들의 날에

흐르는 냇물에도
근원이 있고,
꽃피는 가지마다
뿌리는 하나.

오늘은 2003년 3월 1일
행복한 산마루에 서서
빙그레 눈웃음 짓는
그대들의 날이다.

※ 그대들 : 장원준과 한성지 부부(夫婦). 「그대들의 날에」는 그들의
　　결혼식 축가(祝歌)이다.

윤소나무

소나무여!
거기 높다란 가지 위에
천년 선학이 날개를 접으며
이제 막 사뿐히 내려앉네요.
우리 함께 벗하자
길게 목을 내미네요.

소나무여!
송홧가루 향긋한
솔밭 능선을 지나
옹달샘에 입 맞추고
돌아 오르는 거북바위
어서 오라
두 팔 벌려 반기네요.

푸른 5월의 언덕 위에
높은 10월의 하늘 아래
저기, 항상스런 세월이
수북화 아름 안고 생글 웃네요.

※ 윤소나무 : "소나무"는 도서출판 <범우사>의 사주(社主) 윤형두
　　의 호(號).

빛나는 샛별

- 박선진에게 -

그 따듯한 마음
호박죽 한 사발
멀리 띄워 보낸
뜻 깊은 선진이

오랜 세월 속에
찾아 헤맨 그리움
자연의 메신저여
빛나는 샛별이여.
(2010. 10.)

※ 박선진 : 제주도에 사는 송한메의 친지(親知).

선진이의 자연성

현재와 과거와 미래가
함께하는 하루방의 나라
삼다도는 자연의 고향이다.

오랜 세월에 귀한 보람
꿈속인 양 나타난 루비
붉게도 빛나는 보석이여.

여기 자연의 벗 선진이
호박죽에 배어난 자연
맛, 빛, 향 그대로다.
(2010. 10.)

※ 하르방 : '할아버지'의 제주 사투리. 제주도 수호신.
※ 선진 : 박선진. 제주도에 사는 송한메의 친지(親知).

호박죽

- 아흔 고갯마루에서 -

그 따뜻한
호박죽 한 사발
바다 멀리 찾아온
루비의 정이여

멀어서 더욱 뚜렷이
얼비치는 그 빛깔
새삼스레 느꺼운
아흔 고갯마루다.
(2010. 11.)

맨발의 청춘

맨발은 끝없는 청춘이다.
청춘은 타고난 천성이다.
그리하여
하늘과 숲과 시냇물은
더욱 푸르게 빛나고,
새들의 노랫소리는
아침 햇살처럼 번져난다.
(2007. 7.)

※ 맨발이 : <애서가 산악회>의 회원 정진웅. 맨발로 산에 오르는
  등산가로서, 송한메와 함께 지리산 종주를 한 적이 있는데, 그 사
  연이 수필선집 『93고갯마루에서』에 수록되어 있다.

빛골의 빛

구수산 기슭에 땅을 일구며
몸소 두엄을 내는 치과의 문영태
때가 되면 그곳에 잠들리라는
순박한 자연의 씨앗이다.

흙과 땀으로 빚어낸 보람
너울거리는 늘푸른 기쁨
자연과 인술(仁術)을 한결같이 사랑하는
그대 또한 빛골의 빛이다.

※ 빛골 : 광주광역시
※ 구수산(九岫山) : 전라남도 영광군 백수읍 구수리에 있는 높이
   351m의 산.
※ 문영태 : 송한메의 제자로서, 송한메의 치아(齒牙)를 성심으로 치
   료해준 치과의사이다.

외솔

겨레의 이름으로
소나무 한 그루
나라의 봉우리 위에
높이 서 계십니다.

하늘이 무너지고
땅이 꺼진 시절에도
도리어 기(氣) 높이 서 계신
외솔입니다.

외솔은
빈터를 지키는
한 포기 풀만 있어도
결코 외롭지 않습니다.

거기에는
꾸밈이 없습니다.
오로지 한 줄기 숨결이
영겁으로 이어질 따름입니다.

소경은
말을 익혔나이다.
ㄱ, ㄴ을 깨쳤나이다.

겨레의 이름 위에
소나무 한 그루
언제나 우리 앞에
우뚝 서 계십니다.

※ 외솔 : 한글학자 최현배(崔鉉培, 1894~1979)의 호(號).

숲속의 돌베개

약사봉 숲 그늘에
잊혀진 추모비 하나

찾아 오른 길목
커다란 바윗등에
서너 덩이 돌을 쌓고
나뭇가지에 리본을 매달았소.

지나가는 길손님네!
돌베개에 잠시 들러
못 다한 이야기라도
나누고 가소.
(2002. 5.)

※ **약사봉** : 경기도 포천군 이동면 도평 3리에 있는 해발 489m의 산
봉우리. 이곳에서 언론인·정치가였던 장준하(張俊河, 1918~1975)
선생이 1975년 8월 17일에 암살당했다고 전한다.
※ **돌베개** : 언론인·정치가였던 장준하 선생의 추모비이자 그의 저서.

사공아 잘 모시어라

무엇이 그리 아쉬워서
미끄러지듯 가버렸나.

평생을
산과 더불어 살아온 그대

마음의 고향을 찾아
자연으로 돌아갔는가.

누구나 한번은
건너야 할 삼도내라

사공아 잘 모시어라
귀한 손 떠나신다.
(2006. 10.)

※ 귀한 손 : 일본의 여류(女流) 크라이머(climber) 다다구니코[多田
邦子]. 다다구니코는 10여 년 전, 송한메가 파푸아뉴기니의 심부
지방에 있는 해발 4509m의 월헬름 산 정상에서 만난 여인이다.

에베레스트의 맏딸

벽에 걸린
사진틀 하나

아침저녁으로
쳐다보이는 저 모습

사시사철 마음의 눈은
그때 한여름의

코카서스 산줄기를
정처 없이 오르내린다.
(2008. 봄)

※ 에베레스트의 맏딸 : 1975년 5월 16일 여성 최초로 에베레스트
　산 정상에 오른 일본의 여류 산악인 다베이 준코[田部井淳子].
※ 코카서스(Caucasus) : 유럽의 동쪽과 아시아의 서쪽에 있는 지역
　으로, 이곳에 유럽 최고봉인 해발 5642m의 엘브루스 산이 있다.

여덟 봉우리에 머문 눈길

- 송미심의 처녀 수필집 발간에 즈음하여 -

여덟 남매
정답게 모였구려.
봉우리마다 머무신
다정한 그 마음길

아버님 하신 말씀
귀담아 새겨들어
팔영산 마루턱에
길이 높이 모시오리다.
(2009. 4.)

※ 송미심 : <무등수필문학회> 회원.
※ 팔영산(八影山) : 전남 고흥군 영남면 우천리에 있는 높이 608m
　　의 산.

분홍 편지

분홍빛 편지에
두근거리는 가슴
가을바람에 실려 온
그리운 사연들

생활의 윤택
고생한 보람은
건강이 보증한
최대의 은덕이다.
(2010. 10. 10. 17.)

※ 분홍편지 : 송한메의 친지(親知)인 강원도 속초의 유연서(兪沿瑞)
　에게 보낸 편지.

파줏골 범우

깊이 일구고 널리 사랑하는
범우의 높은 뜻

피땀으로 다져온
반백년 세월의
그 미더운 발자취

오늘 여기 파줏골에
새로운 이 모습
한결 빛나보이나다.

나비야 새들아 너나없이 모여라.
우리 함께 춤추며 노래하자.
(2008. 9. 26. 범우 창립 42주년에 부쳐)

※ 범우 : 경기도 파주시 교하읍 문발리 출판문화정보산업단지에 있
　 는 출판사 <범우사>를 일컫는다.

향기로운 숨결

- 주혜옥 님을 위하여 -

길고도 짧은 지난 세월
임아! 임아!

가슴 깊이 스며 밴
향기로운 그 숨결은
가실 길 없는
삶의 사랑이었소.

고향길 찾아가신 임이여
부디 평안하소서.

(2008. 9. 25.)

※ 주혜옥 : 송한메의 친지(親知)이자 <애서가산악회> 회원.

三人連れの見送り(세 사람의 동반 전송)

寄せではかえるなぎさの波も
別れ出船のどらの音も
共にむせぶ客え浦

밀려왔다 되돌아선 항구의 물결도
떠나는 연락선의 고동소리도
다함께 목이 메인 미야노 항구
(2008. 5.)

※ 3인 : 야쿠시마(屋久島) 선(仙)의 집 식구들(屋久島仙の家), 나카
시마 세이신(中島政信), 나카시마 세다이(中島靜代), 시라이 리가
이(白井里繪).

有りの實二つ(배 두 개)

石川や
名殘り惜しき
眞夜中の
有りの實二つ
過ぎにし
思い出の奧穗よ

이시카와여
헤어지기 아쉬운
한밤중의
배 두 개
지난날의
추억어린 오쿠호여.
(2004. 9. 13.)

－ 시집 『풀잎의 노래』에는 「이시카와여」로 수록되어 있다. －

※ 이시카와(石川) : 일본의 신시마시마(新島島)에 있는 이시카와 여
　관의 안주인 이시카와 마사코(石川昌子).
※ 오쿠호 : 일본 북알프스의 오쿠호타카다케(奧穗高岳).

숲속의 촛불

시로야마의 정수리
짙푸른 숲속에
아늑히 들어앉은 메구미 여인

넓고 깊은 가슴속에
우주를 숨겨 안고
멀리 가까이 지켜 비는

뜬세상 갈림길의
마음의 촛불이다.
(2008. 5.)

※ 시로야마[城山] : 성이 있는, 또는 성이 있었던 야산(野山)이나
   언덕.
※ 메구미[惠] 여인 : 일본의 구주(九州) 남부 현(県) 가고시마[鹿児
   島]의 시로야마 근처에서 찻집을 경영하는 여인.

새 없는 조롱

- 文鳥를 날려 보낸 B兄에게 -

鳥籠은 결코
日曜日의 說敎가 아니었다.

午後의 지루한 時間을
너의 즐거운 노래로 채우고

때로는 窒息을 불러오는
灰色의 拍掌 속에서도
妥協 못 할 靈魂을 말해주는 想念.

무수한 時間과 空間 속에
너를 擴充시키고
自身을 쌓아올린
조롱이었다.

空虛란 차라리 忘却의 腰帶
그러나 새벽길 떠난 '노라'라곤
아예 생각 않는다.

저기
아카시아 잎 트이는 사이로

面紗布 나불거리며
白雲公主 오신다.
(1957. 9. 1.)

※ 노라 : 노르웨이의 극작가 H. 입센의 3막 희곡 「인형의 집」에 나
　　오는 여주인공. 「인형의 집」에서의 노라는 자신의 진정한 삶을 찾
　　기 위하여 집을 나선 여인으로 등장한다.

제7장
노래의 날개 위에

무지개

무지개는 아름답다
그러나
스러져가는 무지개를
끝가지 바래주는 뒷모습이
더더욱 아름다워.

산아 산아

1.
산아, 산아 우리산아 메마르면 물마시고
그저 걷는 우리 산, 우리의 산아
열에 두 폭 고운 맵시 철꽃 따라 웃음 배워
임모시고 모시고 사노라네.
산아, 산아 우리산아 메마르면 물마시고
그저 걷는 우리 산, 우리의 산아

2.
산아, 산아 우리산아 메마르면 물마시고
그저 걷는 우리 산, 우리의 산아
야호 요호 메아리에 넘실넘실 정을 실어
산사람이 난 좋아 내 사랑아
산아, 산아 우리산아 메마르면 물마시고
그저 걷는 우리 산, 우리의 산아
(김형구 작곡)

※ 「산아 산」에서의 "우리산"은 예를 들어 "산아 산아 '무등산'아 메
  마르면… "과 같이 필요에 따라 그 목적에 맞는 산의 이름을 넣어
  부르도록 되어있다.

광주고등학교 교가

1.

높맑은 남쪽하늘 한가슴 안고
줄기찬 무등메에 희망도 크다
홍익의 거룩한 뜻 모아 받들어
온 누리 빛내 나갈 젊은이라면
보아라 우리 광고 여기 모였다.

2.

호남벌 푸른 물결 굽이치는 곳
내닫는 새 세대에 호흡도 크다
이 몸과 그 마음을 갈고 닦아서
조국에 바치려는 소망이라면
보아라 우리 광고 여기 빛난다.
(1958년. 이원정 작곡)

— 시집 『풀잎의 노래』에는 「광고의 노래」로 수록되어 있다. —

낚시터에는

1.

들길 따라 저 멀리 낚시터에는
새벽달이 꿈속에 아련하구나.
지난날에 지새던 모닥불자리
스쳐가는 바람결도 새삼 그리워

2.

꽃 피고 물 흘러 구름은 가도
마음만은 언제나 제자리 앉아
줄을 따라 움직이는 뽀독한 스릴
번득이는 비늘에 무놀이 진다.

꿈

1.

언젠가는 말하리라 비는 하늘에
샛별이 어서 오라 눈짓하네요.
오르면 오를수록 멀어져가는
까아만 눈동자만 높이 빛나고
휘어잡는 옷소매가 부끄러워서
나도 몰래 그저 그만 눈물 글썽거렸소.

2.

그러다가 언젠가는 다시 뵈리라
봄가을 다보내고 기다리었소.
빙그레 웃으면서 다가와서는
서럽도록 타이르며 되돌아서도
말 한마디 못하고 가슴 조이는
얼크러진 실마리는 나의 사랑이어라.
(오균영 작곡)

어서 오너라

1.

푸른 숲 눈부신 이른 아침에
오너라 오너라 어서 오너라.
쏟아진 햇살에 정열을 모아
오너라 오너라 어서 오너라.
누군가 언젠가 서야 할 자리
오는가 왔구나 빵긋 웃는다.

2.

푸른 숲 그리는 별빛을 따라
오너라 오너라 어서 오너라.
푸른 잎 잎마다 궁리를 모아
오너라 오너라 어서 오너라.
누군가 언젠가 서야 할 자리
오는가 왔구나 빵긋 웃는다.

새로 오른 동산에서

1.

새로 오른 동산에서 무등을 바라보니
그리움은 하늘 멀리 아련하구나.
대대로 이어 밝힌 마음의 등불
정든 고향 산에 들에 꽃이 피었네.

2.

굽이굽이 노래하는 푸른 산 푸른 들에
몸을 갈고 마음 닦아 한빛이로세.
어디가나 자랑스런 정자나무들
너울너울 가지마다 그늘 짙었네.

3.

지는 놀에 기대서서 눈 감아 엿들으니
오동잎 시나브로 노크를 하네.
금빛 은빛 들바람에 구수한 향기
돌아가는 꽃잔 따라 별빛이 돈다.

4.

어디에 쯤 걸어 왔나 되돌아 새겨보니
정든 고향 산에 들에 꽃이 피었네.
거룩한 땅 이고 지고 내 항상 여기
임을 불러 목메어도 한이 없어라.

담중 행진곡

1.
나가자 앞으로, 앞으로 가자
세기의 젊은이 발길 닿는 곳
지축을 울리며 다만 한 길로
전진, 전진 앞으로, 앞으로
뭉쳐나간 담중 건아
씩씩한 팔다리에 거칠 것 없다.
담중, 담중 나가자 앞으로
우리는 이 나라 젊은 용사다.

2.
나가자 앞으로, 앞으로 가자
세차게 흐르는 큰물과 같이
우렁찬 소리로 노래 부르며
전진, 전진 앞으로, 앞으로
뭉쳐나간 담중 건아
끓는 가슴 뛰는 피 용솟음친다.
담중, 담중 나가자 앞으로
우리는 이 나라 젊은 용사다.
(1951. 12. 15. 장신덕 작곡. 담양중학교 교가)

세종관

- 光高圖書館에 부치는 노래 -

夕陽 비낀 언덕 위에
丹靑의 偉容이 고와서 미더워라.

落成式 마당에서의
報告에 따르면

土木工程 二千五百名에
三百 날을 要했다는
世宗館아!

地殼이 찢기고
理性이 미쳐 날뛴
族屬들의 時節에도
앗아가지 못한
겨레의 生命이어니……

精誠 모아 쌓아올린
各線이 교차

달려가다 다소곳이
사양하다 못해
굽이치는 그늘마다
꽃구름은 스쳐가네.

思索의 座列
叡智의 瞳孔

東西古今의 文化가
湖水처럼 넘나드는
愛智의 基地에서

情熱의 깃을 치는
隊列을 본다.

來日의 呼吸을 듣는다.
(1955. 12. 24. 광고 『타임스』 제9집 중에서)

※ 世宗館(세종관) : 광주광역시의 광주고등학교 도서관.

전남중·고등학교 교가

1.

무진 땅 넓은 들에 자라는 우리
힘차게 뛰노는 피 끓는 맥박
불같은 조국애로 한데 뭉쳐서
새나라 건설에 이바지하자
반석 위에 세워진 배움의 전당
무궁토록 빛나라 전남(중)고교.

2.

이 강산 뻗힐 일이 머지않았다
강철도 녹이려는 우리의 정열
숭고한 겨레 혼을 이어 받아서
새 문화 창조에 이바지하자
반석 위에 세워진 배움의 전당
무궁토록 빛나라 전남(중)고교.
(김형구 작곡)

완도보길중학교 교가

1.

높맑은 저 하늘은 우리의 가슴
씩씩하고 바르게 갈고 닦아서
자랑 찬 오늘을 다져 가리라.
보아라 우리 보길, 보길중학교.

2.

넓푸른 저 바다는 우리의 마음
부지런히 배우고 힘을 모아서
보람 찬 내일을 펼쳐 가리라.
보아라 우리 보길, 보길중학교.
(김형구 작곡)

HR 노래

1.

우리만이 누리는 푸른 동산에
모여든 얼굴마다 웃음꽃 핀다.
가는 정 오는 말이 서로 고와서
아ー아, 즐거워라 전남고등학교.

2.

우리 한집 식구다 새일꾼이다.
따스한 손길마다 스며든 사랑
밀고 끌고 즐거이 서로 도와서
아ー아, 즐거워라 전남중학교.

※ HR : homeroom. 초·중·고등학교에서 학생의 생활 지도상 베풀어
지는 특별한 교육 계획. 담당교사의 지도 아래 가정적 분위기를
살려 자치활동을 하는 시간을 일컫는다.

우리의 행군

1.
나가자 어서 가자 앞으로 가자
가슴 펴 그 발맞춰 단단한 길로
전진 전진 앞으로 가자
지칠 줄 모르는 행군이다
하나 둘 하나 둘 셋 넷
젊은 가슴 뛰노는 가슴
씩씩한 팔다리에 거칠 것 없다
전남고등학교 앞으로 가자

2.
나가자 어서 가자 앞으로 가자
가슴 펴 그 발맞춰 단단한 길로
전진, 전진 앞으로 가자
지칠 줄 모르는 행군이다
하나 둘 하나 둘 셋 넷
젊은 가슴 뛰노는 가슴
씩씩한 팔다리에 거칠 것 없다
전남중학교 앞으로 가자.

제8장
93고갯마루에서

귀히 태어나
한평생
나그네로 늙어
집 한 칸 없다.

하지만

자연으로 이룩한
사랑 찬 글집들
깊숙이 들어앉은
마음의 고향이다.

활짝 열린 문
누구라 가릴 소냐.
오가는 길손인들
어찌 아니 푸근하랴.

삶과 버릇

어리광을 버무린
고양이 낯바닥

나대지 말라 원숭이
나뭇가지 미끄럼 탈라.

사슴아 그 귀한 녹용
맛이나 보았느냐.

뽀르르 다람쥐야
어찌 그리 덤벙대느냐.

함부로 넘보지 않는 짧은 목
그래서 만년 살이 거북인가.

여름과 수박

둥글둥글 여름 수박
말만 들어도
더위 먹은 가슴이
시원스레 열린다.

가시 돋친
경계심과 방어에는
아예 꿈도 꾸지 않는
개방자연주의자.

비밀도 음모도
아예 모르는
시각(視覺)과 미각(味覺)의
한여름의 총아(寵兒)다.

수박은 소리 없는
하모니카다.
좌우로 구르다가
길 따라 넘어간다.
(2012년 5월 6일. 동두천 노인전문병원의 『병상일지(病床日誌)』 중
　에서)

병원

병원 안이
어찌 이리
한가로운지

모두 싫증이 났나.
지쳤는가.

하기야
조용히 지내는 것이
늙은이의 긍지인 것을.

방마다 병상은 허전하고
그토록 붐비던 넓은 휴게실에도
겨우 두서너 사람

텔레비전만이
홀로 미친 듯이
번거롭구려.

여름이 지레
더위를 베푸는 것일까.

그런데 늦가을이 겨울이
이대로 보기만 하랴.

아침저녁
문틈으로 스며든 기운이
더욱 차가운 것을…

한낮의
따뜻한 기운에
무럭무럭 자라는
나뭇잎과
조용한 사람들의
마음과 마음
(2012년 5월 10일. 동두천 노인전문병원의 『병상일지(病床日誌)』
　중에서)

다리의 꽃바구니

오늘도
기다리는 사람은
전혀 나타나지 않고
저물어 가네.

내일을 기대하면서
흐뭇한 마음 한가슴 안고
꿈길을 따라가리라.

정성껏 만들어 보낸
꽃바구니 속에서
웃는 다리.
그 모습이 꽃보다
아름답구려.
(2012년 5월 12일. 동두천 노인전문병원의 『병상일지(病床日誌)』
　　중에서)

※ 다리 : 송한메의 친손녀(親孫女).

물새마을의 소동

커다란 고양이 한 마리가 물새마을을 습격하여 일방적인
난투극이 벌어진다. 아슬아슬한 순간순간의 연속이다.
쫓고 쫓기는 일방적인 싸움은 아무런 피해도 소득도 없
이 끝난다. 그럼 그렇지, 운동시간이었나 보다.
(2012년 5월 13일. 동두천 노인전문병원의 『병상일지(病床日誌)』
　중에서)

병상일기

가는 봄을 아쉬워 말고
오는 여름을 기꺼이 맞이하라.

한번 지는 낙엽의 뒷자리는
후손들의 몫이다.
(2012년 5월 15일. 동두천 노인전문병원의 『병상일지(病床日誌)』
　중에서)

바람 부는 날

바람이 거세게 부는
15시 30분
나뭇잎은
무엇이 좋고 싫어서
저토록 고개를 끄덕이며
설레설레 내젓는고.
끝내는
시들해져 머리 숙일 것을
시간이 가고
세월이 흐를수록
머리 숙이는 것이
나뭇잎에게 주어진 특전(特典)이리라.
자연의 이법(理法)은 파고들수록
우주(宇宙)의 질서인 것을…
(2012년 5월 16일. 동두천 노인전문병원의 『병상일지(病床日誌)』
　　중에서)

노을꽃

봄바람에 마음의 돛을 달아
새하마노[東西南北] 바람결에
고향길 찾아드는 노을꽃
빙그레 꿈인 양
무릎다리 맞장구치누나.
(2012년 5월 23일. 동두천 노인전문병원의 『병상일지(病床日誌)』
　　중에서)

착한 일을 하는 것은

칭찬 받기 위한 어린이들의
전용물이 아니라,
"예햄"
"예햄"의 주인공은…
(2012년 5월 24일. 동두천 노인전문병원의 『병상일지(病床日誌)』
　중에서)

노인전문병원에서

병원 나들목엔 단풍이 벌써 가을을 독차지하고,
정문에 활짝 핀 진달래가 어김없이 봄을 알린다.
메마른 계곡은 비를 기다리고
온 산이 초록빛 구름처럼 굼실거린다.
여름은 더위에 헐떡거릴 피서객을 위해,
아늑한 옹달샘 가까이에
시원한 쉼터라도 마련해야겠지.
(2012년 5월 28일. 동두천 노인전문병원의 『병상일지(病床日誌)』
　중에서)

불로(不老)의 문

"늙지 않는 문"에 대한 유래를 아무도 모른단다. 특별히
절이나 예배당이 있는 것도 아니다. 그저 울창한 숲속으
로 들어와서 자연과 한가지로 생각하며 호흡한다면, 나
무처럼 건전하게 오래오래 살 수 있다는 마음에서리라.
(2012년 5월 29일. 동두천 노인전문병원의 『병상일지(病床日誌)』
　중에서)

저승에의 비자

까옥, 까옥—
까마귀 장송곡을 외우는 산골에
저녁노을이 어른거린다.
또 누군가 저승에의 고향길을
떠나나보다.
그곳이 천당이면 어떻고
또, 극락이면 어떠랴.
지옥도 연옥도 들어앉으면
내 집인 것을…
그런데 가고 싶어도
그곳에의 비자 받기가 그리 수월하다더냐.
깊은 잠에서 다시 깨어난다 할지라도
결코 뉘우치지 않으리라.
영원한 고향 찾아
자연으로 돌아가는가.

달팽이의 잠꼬대

언제나 동그랗게
환한 보름달같이
혼자라도 즐겁게
팽팽 돌아가는 팽이처럼
달팽이는 오늘도
길을 찾아 나선다.

무심한 세월 속에
외나무다리 건너간
일렁이는 물그림자
갈숲 지난 기슭엔
풀꽃도 기다렸나
오서 오라 반긴다.

삶에의 질서일랑
아직도 감감한데
기나긴 세월아
어디로 그리도 헤매느냐.
무성했던 그 언약들은
어느 하늘땅을 맴도는가.
너나없이 가슴 저린
한낮의 넋두리
달팽이의 잠꼬대다.
(2006. 10.)

한메 송규호 약력(略歷) 및 작품집

1921 전남 완도군 출생. 호는 한메
1974 수필집『마음의 고향』으로 등단
1974 한국문인협회 전남 부지부장
1982 전남문학상 수상
1989 무등수필문학회 회장
2013 영면(永眠)

수필집

『마음의 고향』호남문화사, 1974.
『산골에 묻힌 이야기』교음사, 1980.
『추억의 그늘에서』범우사, 1985.
『가랑잎 사연』범우사, 1986.
『소리가 들린다』예원, 1986.
『산바람 골바람』미리내, 2000.
『세월의 뒤안길에서』미리내, 2001.
『아득한 길』예원, 2005.
『구름 따라 고개 넘어』예원, 2006.
『기다리는 마음』범우사, 2007.
『달팽이의 잠꼬대』좋은수필사, 2007.
수필선집『93고갯마루에서』예원, 2013.

시집

『풀잎의 노래』미리내, 2006.
시선집『철새의 날갯짓』아인스북, 2013.

책을 마치면서

평생토록 敎育界에 이바지하여 수많은 文人弟子들을 길러내셨고, 우리나라 坊坊曲曲의 산과 세계 곳곳의 산을 찾아다니신 세월을 모두 보내신 후, 이제 아흔세 해….

한메님의 자유로운 마음과 몸은 스스로 사랑하신 산의 품에 永眠하셨다.

敎壇에서는 평안한 가운데 엄격한 叡智를 가르치셨고, 산에서는 대자연의 무궁한 조화와 질서, 敬畏心을 攄得하셨으며, 隨筆家로서는 자유로운 隨筆을 써 나아가신 동안에 틈틈이 紀行詩를 넣어 또다른 문학적 妙味를 더하셨고, 詩人으로서는 詩의 여러 형식상 갈래에 戀戀하지 않으신 자유로운 노래들을 부르셨다.

敎育者로서의 한메님은 8·15 해방 전에 광주 서중학교를 거쳐, 일본 와세다전문학교[早稻田專門學校]를 졸업하셨고, 해방 이후에 전라남도 완도군 군내리의 완도중학교를 첫 赴任地로 시작하여 광주고등학교, 전남고등학교 등을 거쳐 담양군 고서면의 고서중학교 校監을 끝으로 40년 가까운 敎壇 세월 동안 수많은 제자들을 길러내셨다.

登山家로서의 한메님은 고향인 전라남도 완도군 금당도의 청산에서부터 시작하여 우리나라의 거의 모든 산은 물론, 히말라야를 비롯한 北極의 최북단 도시 배로(Barrow) 등을 거쳐 마지막 삶터였던 경기도 동두천시 소요산에서 그 끝을 맺으셨다.

文人으로서의 한메님은 수필집 『마음의 고향』을 그 시작으로 하여 『달팽이의 잠꼬대』 등 11권과 시집 『풀잎의 노래』 등 모두 12권을 남기셨다.

특히, 隨筆家로서 國內外의 수많은 산과 名勝地 등을 見聞하시어 그곳의 風光이나 얽힌 이야기, 느낀 感懷 등을 담아내셨고. 詩人으로서는 定型詩나 自由詩의 경계를 넘나들으시면서 時調의 형식을 현대적인 자유시의 감각에 맞게 마련하신 句別排行時調를 비롯하여, 四行詩, 散文詩로써 詩의 형식적 美를 담아내셨으며, 여기에 대자연에서 터득하신 美德과 謙遜, 生活哲學을 더하여 그 내용을 더욱 豊盛하게 하신 한편, 학교의 敎育精神과 理想, 特性, 학생들에게 敎訓과 希望, 勇氣를 불어넣은 여러 학교의 校歌를 지으셨다.

그리고 글로 쓰고 남은 생각들은 다시 隨筆選集 『93고갯마루에서』의 「낙서 10마당」에 담아 落書로써 後學에게 警戒와 敎訓으로 삼게 하셨으니, 그 隱德이야 어디에 비교할 수 있겠는가.

이제 다만, 그토록 사랑하셨던 山의 품안으로 영원히 들어가신 한메님의 靈前에 엎드려 詩選集 『철새의 날갯짓』을 바치면서 눈물로써 傳送할 따름이다.

2013년 9월 14일
전남고등학교 제5회 제자
신희천이 삼가 올리다.